小雪 설이

被愛的條件

沈允瓊——著
簡郁璇——譯

無條件好評

藉由孤兒小雪清澈如鏡的雙眼，引領讀者識破大人世界的醜陋與虛偽，也窺探到謊言背後的無奈。從出生背景與小雪差距天南地北、看似得天獨厚的醫師之子時賢身上，讀者也將領悟到：物質的滿足，無法帶來真正的幸福，無所求的愛，才能帶來幸福。

掩卷，彷彿身為大人的我們也被小雪看穿了，而孩子好似從小雪身上，拿到了進入幸福之門的鑰匙。

——「還孩子做自己行動聯盟」發起人／李佳燕

讓生命中的每段關係、每個交會的人皆能「如其所是」，是多麼困難而珍貴的生命課題，在親子、伴侶間尤難實踐。因為有愛，所以有期待，而愛的期待反而遮蔽了愛的本質，帶來「以愛為名」的控制、要求或威脅。

本書從一位具高敏感特質的孤兒小雪視角，直指成人「愛的盲點」，看到成人易以「光明前程」為由，漠視孩子對自己天賦的熱愛，剝奪孩子的快樂生活，也扼殺孩子真正的自我。

小雪如同一面鏡子，真實無諱地照見周邊成人的自私與偏見，但她的衝撞、堅韌與勇敢，也讓身邊的人有機會重新選擇與成長。因此，閱讀本書的兒少讀者或許能隨著情節，經歷書中少年的掙扎、探索與釋然；而成人讀者亦將以全新目光回首年少，從角色互動中有所體悟和省思。

——國立臺東大學兒童文學研究所副教授／黃雅淳

原以為本書說的是孤兒奮鬥故事，沒想到完全是一本父母教養警世書。書中呈現了「條件式的愛」會讓孩子深深受苦，即使有自覺，父母要放棄期待、認同孩子的選擇，仍是那麼困難。

所幸我們也在故事中看到了一個典範：接納孩子的願意與不願意都其來有自，相信孩子知道自己要什麼，相信即使過程搖晃，但最後都會指向正確的方向。

當小雪說：「小狗，是和數學沒有任何關係的。」正犀利指出了父母不擇手段的控制，痛徹人心，也指出愛最純然的方向，為我們帶來希望。

誠心推薦給父母及師長。

——小民參政歐巴桑聯盟黨召集人／張淑惠

導讀

愛的條件、愛的方式，與愛的代價

作家／譙淑婷

親子之間的愛，也伴隨著恨？

雖然我是母親，但對於「母愛是天生的」這句話一直非常反感。不用懷疑，我真的非常愛自己兩個孩子，但也不時會對他們湧出不耐煩，甚至外人難以理解的厭惡感。這麼誠實的說，會不會讓讀者有些不知所措呢？但即使你不是母親，也一定曾是個孩子吧，照理說，孩子出生後是更毫無保留、無條件地愛著必須依賴的父母，但哪個孩子沒有討厭過自己的父母呢？親子雙方的情感變化，就是這麼相似又矛盾。

不過其中有個極大的差異，父母不太需要煩惱，怎麼做才能被愛，卻可能利用孩子的愛，有意無意地折磨孩子。就連虐兒的父母，都有機會享受著毒打孩子後，孩子還哭著求你抱的痛快與煩躁。孩子卻常常煩惱自己不被愛了，總被捧在手心上的幼兒時光，對他們來說是甜美、短暫又痛苦的回憶，隨著他們進入學齡，開始被要求規律生活、自動自發學習、補習考試不能缺席，相信爸媽給的都是好的、奪走的都是會害自己的壞東西。曾經做什麼小事都會被稱讚的日子突然就結束了，不知何時，自己成了父母眼中什麼都做不好的孩子。

這就是多數孩子的成長記憶，也是在這個故事裡，時賢的生活。

不過小雪沒有機會經歷這些，她是生長於育幼院的棄兒，連討厭父母或被父母討厭的機會都沒有。她想要被愛，想擁有平凡的家庭生活，卻不知道愛也伴隨著恨，平凡也會讓人厭煩。

瘋狂的父母，使得孩子也邁向瘋狂

這個故事裡，有兩個命運完全迴異的孩子。小雪在育幼院三次被收養又失敗，長期被「丟棄在餿水桶裡」的命運困住，性格乖戾又自卑；而在富裕家庭長大的時賢，有溫柔的醫師爸爸、美貌的媽媽，又是班上風雲人物，在家庭裡卻不受肯定，痛苦地背負著父母望子成龍的期待。

當小雪與時賢的命運交疊，小雪終於短暫體驗了自己想像中的「家的生活」。也才發現，所謂上學放學的專車接送，其實代表了連在回家路上閒晃、選擇自己喜歡的交通工具都不被允許的意思；看起來美好安樂的建築物，是勒住孩子脖子的枷鎖，父母為了讓孩子走上自己安排好的道路瘋狂，看起來瘋狂的孩子其實是被逼到絕境的馱獸。

「我曾經覺得就像是爬到巨人肩上般神奇，但體驗在巨人肩膀上的生活後，我發現也不怎麼樣。」小雪對家有了這樣的感受。

巨人的肩膀再怎麼高壯，可眺望的風景再如何優美，終究是巨人決定的，不是孩子。小雪和時賢能夠掌控的微小人生，只有比自己更弱小的動物，小雪的阿寇、時賢的向量，最後當他們發現自己的擁有終究可以被成人輕易剝奪，世界瞬間崩潰。

因為成人輕易拋棄的不只是狗，也包括了孩子的信任、自尊、依賴與自我。孩子的感受不只是憤怒，也有深沉入底的絕望，原來，兒童是社會食物鏈的最底層，大人說最愛最寶貝自己，意思是「我可以控制你」。

但我們該說這些父母不愛孩子嗎？不，除了某些不願意或沒有能力善待孩子的人，多數父母都是愛孩子的，只是他們用自己的方式表現愛。怕孩子不用功，所以要求孩子少玩多學；明明看孩子玩得很開心，但開口就先問最近讀了什麼書；怕孩子考不上好大學所以找了各種補習班；怕自己不夠積極，浪費了孩子的聰明才智，所以強迫孩子不能偏離看似能直直通往成功的軌道；很愛問孩子問題，努力扮演寬容大度的開明家長，但只想聽到自己預設好的正確答案；很想抱抱孩子，最後還是忍著要孩子自己站起來，不要只會哭。

「孩子現在對我吼叫也沒關係的，以後一定會知道，我都是為他好。」大人都是騙子，騙的不只是孩子，也包括自己。善意的謊言再怎麼美化也只是謊言，不會因為基於愛就變得沒關係。

愛在無所求之中，日益茁壯

而從小雪在育幼院就開始照顧她的阿姨，卻成為故事中的關鍵對照。阿姨沒有孩子、不曾當過父母，她是一個「無所求」的存在。小雪笨也沒關係，成績吊車尾也可以，小雪大發脾氣時，她沒有任何討好的方法，唯一一招就是緊緊的擁抱到讓小雪無法透氣。她給予小雪全然的自由，相信小雪逐漸誇張的妝容有自己的考量。因為不知道怎麼教孩子，阿姨放棄了教的念頭，只去愛，甚至忘了要求，自己也該被愛。

在小雪數度進出育幼院、轉學又重新入學的變動童年裡，阿姨並沒有辦法改變太多事，無力扭轉小雪顛簸的命運，只能一直在原地守候。「即使所有人都拋棄了自己，這個大人也會照顧我長大」，這樣想的小雪還不知道，這就是被愛著的感覺，她只知道阿姨給了自己一個屹立不搖的中心點，一個隨時都可以想起的人。小雪其實早就把對媽媽的情感投注在阿姨身上了，但因為沒有和父母相處的經驗，她不知道那就是對親情的傾慕與渴望，也不知道順理成章地就能接受的愛，對許多人來說是一種奇蹟。

世界上存在著許多難以確認的事，例如孩子總是擔心自己是否被愛，要怎麼樣才能一直被愛。又例如父母總是在撫養子女這條航道上迷失方向，無論自己平時在職場或社交上多麼優秀，都可能對孩子的人生有了錯誤的評判。我們無法因此去說誰做得不好，也不能斷言被約束的孩子就是不幸、自由自在的孩子過得比較幸福。

藉由小雪的眼光，也許能讓讀者明白，父母也是第一次當父母，沒辦法重來也沒機會變得熟練，除非是惡意的傷害，不然父母真的是用了各種好的、壞的方式，精明或笨拙地表達他們的愛。在這段時間裡，羽翼漸豐的孩子，有情緒是沒關係的，懷疑父母的愛也很正常，尖銳頂撞是正常發生的武裝反抗，怎麼樣都好，請保護好自己不要受太多傷，不要習慣謊言，不要長大後將自己的愛編成冠冕堂皇的理由，讓其他孩子們不開心。

獻給所有的孩子，以及曾是孩子的人們。

1

童謠的旋律流瀉而出，內容講的是森林之中有紅有綠、五彩繽紛的房子，裡頭住著三角形的家、四角形的家和圓形的家。

我們開始唱歌，在偌大的房間繞圈圈，孩子們時而使勁奔跑，時而蹦蹦跳跳，時而把身體傾斜一邊，做出滑稽的表情，我也是這樣做。

祕而不宣的緊張感瀰漫在空氣中，大家四處跑來跑去，手忙腳亂地跳舞，但目光仍緊緊跟著老師，同時也不忘偷瞄彼此。喉嚨內側、腹部和腋下等處感覺涼涼的，從身體裡冒出了一顆顆雞皮疙瘩。

我們在玩配對遊戲，當老師說三人、四人或五人時，我們就要停止唱歌跳舞，按照老師說的數字湊成一組。大家都興奮得不得了，不由自主地亂吼亂叫。孩子們互相抱著彼此，也把別人推開，就為了湊成三人、四人或五人。

緊迫的視線互相交錯。要不要跟她一組？我像根釘子般定在原地，目光沒有在我身上停留很久，就轉移到其他人身上了。雖然大家都很心急，但不會隨便挑一個人。那些抱著彼此、推開別人的前臂動作敏捷、手勁頑強，我看到有些人還沒找到同伴，急得直跺腳，而我也還沒配對成功，我應該要跑過去的，但我的手腳像掉進水中的衛生紙，沒有半點力氣。

老師拍一下手，就表示配對遊戲結束，沒有和任何人配對的人必須退出遊戲。已經配對成功的人開心地抱著彼此，而我卻不屬於任何一群，上一次是這樣，這一次是這樣，往後也一直會是如此。

我放棄融入群體，直接待在原地靜靜佇立，褲襠有熱熱的液體簌簌流了下來，大家都停下動作，目不轉睛地看著我。我很想停下來，但我控制不了自己，配對遊戲玩到一半，我直接在房間的中央尿濕了褲子。

「還以為他們是好人，以為這次會很順利的……」

阿姨的聲音飄忽虛幻，猶如從遠處席捲而來的波濤。闔上的眼皮內側有眼花撩亂的影像搖曳著，知覺彷彿漂在水面上載沉載浮，擰住胸口的疼痛感將我從夢境中搖醒。雖然配對遊戲只是一場夢，但從褲襠流出來的溫熱尿液卻不是在作夢。我很想出聲呼喚阿姨，卻什麼聲音都發不出來。

「她一直在睡覺，等天一亮，是不是要再帶去診所？我都不知道該怎麼辦了。」

我聽見老舊話筒被放下的聲音。我又再一次失敗，回到了阿姨的家。第三次被棄養，說不定已經創下了國內紀錄。

在夢境中的我不自覺地扭動背脊，冷汗直流，無法炸裂開來的呻吟在胸腔盤旋，化為滾燙苦澀的水，從喉頭噴湧出來。苦水從嘴角溢出，浸得枕頭濕濕熱熱的，突如其來的寒意令我不禁打了個寒顫，我枕著黏稠悶臭的穢物躺在床上，心想著乾脆就這麼死翹翹，什麼都不知道就好了。

「這該怎麼辦哪！」

阿姨打開門，窺探一下房內，忍不住嘆了口氣。我則因為太過丟臉，所以閉著眼睛，假裝沒有意識。阿姨一個箭步衝過來，鼻腔頓時充滿阿姨的味道。阿姨說自己已經很老了，所以身上會散發難為情的臊臭味，但我一直覺得那個味道酸酸的。阿姨心裡一急，連忙用手替我擦拭嘴角，摸了摸我的手腳後，更加慌張了。

「怎麼？小雪，妳會冷嗎？這該怎麼辦哪。」

阿姨一掀開棉被，嚇人的寒意便從四面八方襲來，褲襠濕濕的感覺也更讓人害臊了。阿姨急忙跑了出去，我頓時有種被獨自丟棄在世上的感覺，但阿姨很快就回來了，用熱水浸濕的舊毛巾滿足了我所有的需要——暖意、讓身體變乾淨、照料、陪伴……阿姨擦掉我臉上的嘔吐物，也仔細替我擦拭褲襠和屁股。我停止了試圖掙扎，基於疼痛和羞愧，我決定乖乖把身體交出去，負責呼吸就好。

胃腸連續痛了好幾天，就像有火焰在裡頭燃燒。隨著疼痛感來得頻繁，麻木的暈眩感也跟著找上門。因為我發現自己懷疑的某件事變成了事實，那就是我養的小狗「阿寇」不見了。因為安德森一家對狗毛過敏，所以我不能把阿寇帶過去，為了和真正的家人住在一起，我只好接受不得不與阿寇分開的事實。如今我回來了，阿寇卻沒有回家。

「我把牠送去鄉下了，因為有人說要養。」見我痴痴望著阿寇平時趴著的空位，阿姨用顫抖的嗓音說道。

事情就變成這樣了。

「聽說牠在那裡過得很好，因為院子很寬敞，可以跑跳玩耍，對狗狗來說，住在鄉下會更好。」

阿寇是我撿回來的流浪狗，看到阿寇的第一天，阿姨就用顫抖的聲音說自己小時候被咬過，怕狗怕得要命。但住在一起大約一年半的時間，阿寇別說是咬人了，連吠都不曾吠過一聲，偶爾才悶哼幾聲，是隻非常乖巧溫馴的狗狗。儘管如此，怕狗的阿姨仍在我離開之後，就把阿寇送去了有大院子的鄉下。

等到我勉強能搖搖晃晃地邁開步伐時，我們去了郭恩泰小兒科暨青少年科診所。當我還是體弱多病的七歲小朋友時，阿姨以暫時安置的形式初次帶我回幸福大廈開始，郭恩泰醫生叔叔就成了當時滿懷憂懼的阿姨的強力後盾。

看到我和阿姨，醫生叔叔很快就藏起錯愕的表情，畢竟上次聽說我被美國人家庭收養，才淚眼婆娑地道別的。醫生叔叔整個人從椅子上彈起，張開雙臂站著的他，體格就和棕熊一樣龐大，手背上也有很多汗毛，真的很像一頭大熊。醫生叔叔將我微微拉向自己，輕輕拍了拍我的背部。

「我們小雪……哪裡不舒服呢？」

每當生病的孩子來到診所，醫生叔叔都會問這個問題。我就像什麼事都沒發生般很放鬆，好像特別得到了關愛，所以很開心。我很喜歡郭恩泰醫生叔叔，從聽到他的名字就喜歡了，總覺得這個名字讓人心情很平靜。郭恩泰醫生叔叔的診間不是那種冷冰冰的地方，只有硬邦邦的病床和放針筒等器具的金屬盤，反倒像一間溫馨的書房。陽光從溫暖質感的百葉窗縫隙間照射進來，窗邊有好幾個綠葉清新的花盆，書櫃上擺放著歷史悠久的家族照，以及各種讓人心頭暖呼呼的東西，像是有著貓咪渾圓屁股形狀的時鐘，還有儘管老舊卻很乾淨的絨毛娃娃。

「孩子……不說話。」

我嚇了一大跳，我有不說話嗎？

「小時候……得過緘默症，我不知道該怎麼辦……」

據說我在五歲時，也就是第二次被棄養後，有段時間患了緘默症。老實說，我不知道緘默症是什麼，最近我一言不發地過日子，也是緘默症造成的嗎？

說真的，最近實在累到不行，所以我幾乎都不做所謂的「思考」，甚至也不去想我人在哪裡、在做什麼。當阿姨把食物送進來，我就稍微吃一點，接著就看電視或睡覺，假如睡不著，就呆呆地回想以前看過的電視節目。這就與用一條厚毯子把情緒和想法層層捲起，埋進很深的地底下相似，而我就好像在觀看聽不見聲音的黑白晝面般，漫不經心地過日子。

「小雪大概有多久不說話了呢？」

「我也不清楚，起初我忙昏了頭，沒注意到孩子有沒有說話，但從三天前開始留意了一下，發現孩子一直都沒說話……」

「三天，原來三天沒有說話了，不過緘默症並不是很常見的症狀呢。」

「小雪她……以前也曾經這樣……」

郭恩泰醫生叔叔的兩道眉毛收攏在一起，緊緊閉著雙脣，臉色也顯得很陰沉，就和聽到我被安德森上校一家人收養的消息時一樣。

「小雪，妳有沒有哪裡不舒服？像是肚子痛，還是喉嚨痛？」

我稍微想了一下，自從走進郭恩泰醫生叔叔的診所，看到我喜歡的那些精心擺設的東西，以及心地溫暖的郭恩泰醫生叔叔，這段時間將我層層裹住、對凡事都無感的厚毯子忽然之間就變薄了。每樣東西都看起來很清晰，醫生叔叔的話也聽得很清楚，我忍不住心想，腦袋真的好久沒有這麼神清氣爽了，只要我肯下定決心，應該也能回答得很好。

但我並不想回答，我想當一個患有罕見病、很特別的孩子。假如能以在育幼院長大的遺棄兒童為由得到特別關愛，再加上緘默症，讓郭恩泰醫生叔叔因為擔心我而夜不成眠，那該有多好呢？光是想像就很興奮，也就更打不開嘴巴了。

郭恩泰醫生叔叔用眼神示意我，不必勉強自己說話。

「所以，小雪回到阿姨家了對嗎？等於沒有收養這回事了吧？」

「沒想到又……還以為他們是好人……」

聽說美國人比韓國人更懂得照顧收養的孩子，別人的孩子也會視如己出，所以就傻傻地相信了。聽說那些人在美軍部隊身居要職，很快就會回美國。還以為他們會帶小雪回美國，讓她接受良好教育，把她培養成一個優秀的人，院長也替小雪終於能在一個好家庭成長而感到開心，卻作夢也沒想到，會因為小雪生病，僅僅三週就被送回來了。就算看在院長的面子上也不該這樣，這些人實在沒責任感到了極點。

阿姨將整張臉埋進雙掌，啜泣著說，話語斷斷續續，聽不太清楚，不過有件事可以肯定，就是不諳英文的阿姨把「安德森」家族說成了「阿達」家族。

阿達上校和他的家人，在阿姨的悲傷與埋怨裡登場了無數次。在我領悟到這點後，全身的血液頓時直衝腦門，恨不得馬上找個地洞躲起來。沒想到偶爾孩子們開幼稚玩笑時說的阿達不阿達，現實生活中真的有人會講，而且在我們感到最為悲嘆的瞬間，突然冒出來的阿達二字，真的是讓人哭也不是，笑也不是。

郭恩泰醫生叔叔似乎也很驚慌失措，他迴避目光，輕輕咳了幾聲。嘴上阿達、阿達說個不停的阿姨讓我恨得牙癢癢的，巴不得摀住她那張啜泣的嘴巴。

就算不是講阿達上校，她在罵安德森一家人時，也讓我渾身不舒服。他們都是親切和藹的好人，我之所以無法適應、病得快要死掉，並不是他們的錯。不知在安德森家的哪個地方，有股異國感的櫻桃香氣縈繞不去，從初次打開玄關門的那一刻，那股甜甜的香味就讓我的胃如洗衣機般翻攪不止，就連他們溫暖和藹的歡迎、溫柔多情的肢體接觸，以及耐心等候的眼神都無法抹去那股味道。他們不知道哪裡出錯了，手忙腳亂地把他們認為好的東西紛紛拿到我面前。我實在不忍心說出「我討厭你們身上那股味道」，只能無奈地大吐特吐、發高燒，像具屍體般癱在床上，最後又回到了阿姨家。不能說安德森家族在這過程中犯了什麼大錯，他們是真心害怕我會小命不保，而醫生也建議最好讓孩子回家罷了。

「好的，我明白了，小雪和阿姨一定都累壞了吧。」

「醫生，這下怎麼辦？假如真的是緘默症……想要治療的話……」

郭恩泰醫生叔叔輕輕點頭，兩根手指頭弄彎後放在我額頭上，就像敲門時把食指和中指彎成四方形，將中間的指關節擱在我的額頭上。這是郭恩泰醫生叔叔測量有沒有發燒的方法。雖然醫生叔叔也有放入耳朵後，就會發出「嗶」一聲，接著以數字告知體溫的厲害電子體溫計，但他一直以自己的手指要比電子體溫計更準確而自豪。假如年幼的患者要求，醫生叔叔還可以無限提供先用手指測量後，再用電子體溫計確認的服務，而醫生叔叔總是連小數點後頭第一個數字都能猜中。醫生叔叔的手指頭，一次也沒有出錯。

「幸好沒有燒得很嚴重，也沒有迴避視線。」

醫生叔叔還刻意和我四目相交，像是用力蓋下印章般，動作迅速且強而有力，讓人完全來不及迴避視線。

「如果迴避視線……那可就麻煩啦。」

醫生叔叔就像在玩一二三木頭人時，剛剛拍打我背部的孩子般，露出很驕傲的表情。在那雙充滿淘氣的笑眼中，蘊含著無論我是被棄養、患有緘默症或是其他，我都一定能戰勝的確信與暗示。醫生叔叔的鼓勵，猶如一股電流般傳遞過來，我的腳趾酥酥癢癢的。

「那就先觀察看看吧，很快就會好轉的。」

「不用進行其他治療嗎？」

「是啊，感冒不也是如此嗎？某些感冒嚴重到必須住院，但有時只要好好休息就會痊癒。小雪一定最清楚自己需要什麼，您只要隨小雪的意思，她想休息就讓她休息，有想做的事就讓她去做，這樣就行了。」

護士悄悄打開診間的門，乾咳了兩聲作為提醒。等候室坐滿了發燒咳嗽的幼童，但我們已經看診二十分鐘了，我們趕緊將屁股從椅子上移開。

「小雪，懂了嗎？去做妳最喜歡的事，還有最想做的事吧。孩子們就是要這樣成長，身心才會健全，因為只要專心做喜歡的事，就不會覺得辛苦，還能戰勝病痛。比起吃藥，更重要的是做自己最熱愛的事，知道了嗎？」

直到我們握住診間門把的最後一刻，郭恩泰醫生叔叔仍沒有停止為我加油和再三叮嚀。

「阿姨，我有跟您說過，小雪真的很聰明吧？研究結果也顯示，像小雪這種智力高的孩子，即便遭遇各種困難，也懂得隨機應變，甚至論文上也有提及呢。請您不必擔憂，只要在一旁觀察，如果有不懂的地方，不用客氣，隨時都可以過來。小雪，妳想來就來，也不用在外頭等，只要小小聲地跟那邊的護士阿姨說一聲『我想要見郭恩泰醫生叔叔』就行了，知道嗎？」

在把診間門關上的最後一刻，郭恩泰醫生叔叔像啦啦隊的隊長般，跳起了可愛的屁屁舞。

因為我們占用診間太久，候診室的煩躁情緒已經達到了沸點。為了等處方箋，我們在那裡又多待了一會。

在我們身處的空間，隨處都有看不見的波長經過，廣播波長、電視波長、手機波長，甚至從人工衛星發射的ＧＰＳ波長，這些波長像一堆稀疏的棉花糖或白雲，不斷通過我們的身體，任意自由來去。

在生病的小孩子與年輕媽媽們聚集的小兒科候診室，無論何時都有扎人的波長穿越我的身體。雖然不是刻意如此，但我的皮膚上密密麻麻地鑲嵌著偵測那種波長的感覺器官。

鬧著問還要等多久的孩子；漫不經心地將手機拿給孩子的媽媽；趁著生病的機會難得可以玩手機，為此感到開心的孩子。我假裝心不在焉地看著窗外，同時仔細感受他們身上放射的平凡關係的觸感。我無法猜測那種平凡家人之間的情感是什麼感覺。此時的他們正熾烈地愛著彼此嗎？一臉疲憊，將目光掛在電視畫面上的年輕女人，此時胸口是否有「媽媽的愛」在沸騰？我無法體會那是什麼東西，而且永遠都難以體會，自從呱呱落地開始就被剝奪的某種情感，使極度不安如影隨形，也讓我感到分外生疏尷尬。

櫃臺護士將收據遞過來，悄聲地說不收我們診療費用，還裝了一袋各式營養劑樣品給我們。郭恩泰醫生叔叔幾乎每次都會給我們這種好處。我們正要走出診所，一個看起來和阿姨年紀差不多的年邁女人走過來向阿姨搭話。

「這孩子有弟弟或妹妹嗎？都長這麼大了，還要請保姆喔？」

「我不是保姆，是她的阿姨。」

「我照顧的孩子也都叫我阿姨，這裡全都嘛是叫阿姨。」

「……」

「這孩子的媽媽要我從明天開始分開去澡堂，但這附近的澡堂怎麼貴成這樣呀，有沒有便宜的地方？」

「澡堂……傳統市場那邊有一間王宮湯……」

走出診間後，人生又開始變得百無聊賴，我再度陷入無感的灰白迷霧之中，什麼都不想、什麼都不去感覺，這對現在的我來說，最輕鬆自在。

我們搭乘的社區小巴在歷史悠久的美容院、年糕店、五金行林立的窄巷停了下來，在那個地方，毯子又再度變薄了。這是我初次遇見阿寇的地方。雖然想再次隱身在迷霧之中，但思緒已經受到干擾。阿姨帶著阿寇走出門時，牠怎麼想呢？牠會用四隻腳拚命撐住，避免被阿姨拉走嗎？還是會以為阿姨要帶牠去找我，就高高興興地跟著出門了？我好像能感覺到，每次出去散步時，心情大好的阿寇將黑壓壓的腳趾攀在我的膝蓋上，以及狗毛蓬鬆柔軟的觸感，甚至是碰上今天這種潮濕的天氣時，阿寇身上狗毛散發的腥味。

阿寇沒有什麼血統可言，就是一隻亂混一通的常見雜種狗，但我覺得在牠眾多的祖先之中，應該至少會有一隻小獵犬。阿寇有著小獵犬特有的長相輪廓，但身體和嘴巴的毛髮略長，雖然不知道牠幾歲，但動物醫院的醫生把嚇壞了的阿寇嘴巴打開來檢查牙齒，說牠大概有七、八歲了。

去年春天，我在放學回家的路上，第一次見到淒涼地蜷縮在巷口的阿寇，牠髒兮兮和邋裡邋遢的模樣，一看就知道是被遺棄的狗。我吃著阿姨買來給我當零食的吐司，吃到一半時，又拿了一片重新回到巷子，小狗還在那個地方，最後牠狼吞虎嚥地把吐司吃個精光。

連續兩天，我都拿吃的去餵小狗。牠的項圈上寫著「阿寇」這個名字。那段時間，大家嫌棄阿寇弄髒了整條巷子，所以牠逐漸轉移陣地到別的地方，每一次我都在更加陰暗雜亂的角落發現阿寇的身影。看到我去時，阿寇雖然會很高興，卻不會纏著我要更多食物或尾隨我回家，牠就像已經做好餓死的準備，只是用絕望的眼神看著我的背影。

到了第三天，我憋住呼吸，把這個散發臭臭味道的毛團抱了起來。阿寇沒有發出任何聲音，乖乖地把身體託付給我的手臂，我可以感覺到阿寇的心臟撲通、撲通地跳動，而我的心臟，就像要從嘴巴裡跳出來了！我把阿寇帶回家，替牠洗了澡，阿寇雖然抖著身體撒了尿，但從頭到尾都非常乖巧聽話。我幾乎用掉了一半的洗髮精，整個浴缸因滿滿的狗毛而變得亂七八糟，但清洗乾淨後，阿寇身上散發好聞的香味，漂亮得令人眼睛為之一亮。

阿姨很晚才從餐廳下班回來，看到阿寇後嚇了一大跳。

「這是什麼？」

「牠在那邊，在小巴站牌前的巷子……」

「是妳帶回來的嗎？」

我很怕阿姨會叫我立刻帶阿寇出去，緊張得發抖，但阿姨什麼都沒有說，甚至還問我是不是確定這隻狗狗沒有主人。她一臉錯愕地輪流看著我和狗狗，接著就去整理亂七八糟的浴室了。現在回想起來，阿姨好像完全傻住了，不知道該怎麼做才好。多虧了阿姨優柔寡斷的性格，阿寇，就這樣變成了我的狗狗。

就憑我這個沒有家人的孩子，竟然還妄想養小狗，我真是膽大包天。帶阿寇回來一年多後，收到安德森家族要收養我的消息，但阿寇沒辦法和我一起去。和安德森家族一起生活三週後回來，卻發現阿寇不見了。阿姨說，阿寇在有大院子的鄉下人家跑跑跳跳，牠會過得更幸福。當時我病得太嚴重，沒有餘力去仔細思考這句話是不是真的，只能暗自祈求阿寇能過著幸福快樂的日子。

我們深信郭恩泰醫生叔叔說病情會好轉的保證，就這麼繼續安靜度日。幸好是在放假期間，幾乎不需要走出家門，而且和阿姨住在一起也不需要講什麼話，只要點頭、搖頭還有電視聲就夠了。沉默就像一條使用多年的棉被，柔軟溫暖，又帶有受潮發軟的觸感。

炎熱輕輕消褪的傍晚時分，我和阿姨去附近的超市簡單買點菜，我的目光整個被正在特價的涼麵調理包吸住了。涼麵是我們在夏天最喜歡吃的食物，但去年夏天，阿姨把這件事告訴草葉育幼院的院長，結果被狠狠說了一頓。院長說，不能老是讓胃腸弱的我吃寒涼的食物，天氣越熱，越要讓孩子吃熱食。從此之後，我再也吃不到以往拿來當簡便晚餐的涼麵，而今年夏天，經歷了收養和棄養的騷動，我還沒來得及吃上一碗涼麵，夏天就已經過了一大半。

見我眼巴巴地望著涼麵，阿姨陷入了天人交戰。

「好像不能吃涼的耶，妳最近病得這麼嚴重……」

但我們繞了一圈超市，買了櫛瓜和馬鈴薯後，放在特價區的涼麵依然在那裡。

「因為孩子沒有胃口……什麼都不肯乖乖吃……」

阿姨像是在向涼麵販售人員徵求同意似的，解釋了一些沒必要的細節，最後還是往籃子裡放了一袋涼麵。阿姨還不忘強調，這只是先買回家的，等我身體好一點再吃，阿姨認為，院長說的話就一定要遵守。

光是買了一袋涼麵，心情就覺得振奮許多，最後，等不及我身體好轉，我們就急急忙忙將小黃瓜切成細絲、煮了雞蛋，把涼麵的湯汁喝到一滴不剩。阿姨直喊著好熱，把放在冰箱用來料理的燒酒倒了兩杯來喝，然後阿姨臉上也終於恢復了光采。

過去一個月，阿姨幾乎是以淚洗面，因為不管碰到什麼事，院長都會大發雷霆說是阿姨的錯，所以阿姨顯然又認為這次被棄養是自己的錯。如果可以稍微減輕阿姨的擔憂，讓她不再操心我的緘默症，在此時漫不經心地說上一句「夏天果然還是吃涼麵最棒了，對不對？」就好了，但不知道為什麼，我還是開不了口。

把涼麵吃得清潔溜溜，碗盤也差不多清洗完畢時，門鈴響了起來。因為幾乎沒有人會來我們家，所以我們都很意外。一打開門，就看到草葉育幼院的社工站在外頭，而站在社工後頭的，是個子高挑的安德森太太。

「安德森太太說要把小雪用過的東西拿過來，也想在回美國前，向小雪做最後的道別。」

安德森太太足足拿了四個超大的手提袋進來，都是為了迎接我而事先精心準備的東西，包括新衣服、新鞋子、新寢具、娃娃、玩具和書籍。

「小雪，看到妳氣色變好，真是太好了，看來妳已經痊癒了。」

我急急忙忙地想要躲進灰濛濛的雲朵之中，但目光已經被安德森太太擦上紅色指甲油的一雙大腳吸引住。我目不轉睛地看著鮮紅色的腳趾甲，不管是視覺或聽覺都無法關上。

「妳離開後，我們聊了很多關於妳的事。如果妳可以成為我們家的一份子，那該有多好啊，大家都覺得好可惜。我們就要回美國了，但我們永遠都不會忘記妳，雖然時間很短暫，但我們成了真正的一家人。小雪，經過禱告和討論後，我們做出了對妳最好的決定。」

安德森太太用不分聲調的口音，很吃力地唸出我的名字。看到她向我靠近一步，恐懼感頓時朝我襲來，我擔心又會肚子痛，雙腿不由自主地交纏在一起。

「妳真的是一個讓人驚豔的孩子，小雪，妳要過得幸福喔。」

安德森太太用雙手捧著我的臉龐，在我的額頭上輕輕吻了一下。淡褐色瞳孔和臉上的柔軟細毛驀然闖入我的視野，隨之而來的噁心櫻桃香氣再次令我作嘔。我真的感到很抱歉，安德森太太和她的家人都是好人，我的身體卻對那個味道產生激烈的抗拒反應。

「別碰她！」阿姨大叫。

我們都嚇了一大跳，社工也嚇得不知如何是好。出生以來，我還是第一次見到阿姨大叫。安德森太太雖然不會說韓語，但憑感覺聽懂了阿姨在說什麼。見到我又再度噁心反胃，阿姨令人難以置信地氣炸了。

「把孩子弄成這樣，還有什麼臉跑來這裡？快叫她立刻出去！」

「您別這樣，阿姨，他們也很傷心啊。」

「他們很傷心？都讓孩子瘦了這麼一大圈耶。哎喲！他們會遭天譴的！」

阿姨完全聽不進社工的勸說，總是安安靜靜的阿姨，很少會用這麼強烈的字眼。安德森太太點點頭，像是很理解阿姨的心情。她露出了很遺憾的表情，試圖想說點什麼來安慰阿姨，但一舉一動反而像是往在氣頭上的阿姨身上又澆了一桶油。

不論安德森太太現在做什麼，阿姨都只會往壞的方面想。

「我的老天爺，還笑得出來？居然有這種人，我的天啊！」

我心想，反正此時在這裡發生的情況不關我的事，最好還是神遊去遠方，去非常遙遠的地方比較好。我匆匆忙忙地啟程，只想趕快盡力跑到最遠的地方，卻發現自己走錯了路。我正心想「糟了，好像不是這裡」，但為時已晚，我已經闖進了那個地方。

在一片漆黑中，頭頂上打開了一個有亮光的圓洞。

我那素未謀面的親生母親，才剛下定決心要把剛呱呱墜地的嬰兒丟在育幼院的門前，但仍想著要讓我穿上漂亮的衣裳，裝進水果籃，好讓我看起來像一份新年禮物。不過，就在最後一刻，她失去了走到草葉育幼院門前的勇氣，直接把水果籃胡亂塞進巷口的大廚餘桶，接著落荒而逃了。我的媽媽遺棄我的方式是如此令人捉摸不透，以致在大家的記憶中留下深刻印象，成為一個傳說。就在她轉過身，以小碎步奔向天色未明的凌晨時，躺在漆黑的廚餘濘漿之中的我，就像現在一樣手腳無力，暗自盼望自己能乾脆化為粉末，不著痕跡地在空氣中飛散。

我在黑暗與惡臭中陷入沉思。餿水一定開始從籃子底部開始滲透進來了吧？我該這樣保持靜悄悄的，再多撐一會兒嗎？那麼我在這個世上所留下的痕跡，連百科全書上的小小逗點都比不上，就被徹底遺忘了。而最棒的是，我再也不必感到羞愧了。

但不知道怎麼回事，我卻打定主意要嚎啕大哭。我從小就有一股為了存活而戰勝羞愧的狠勁，而我的記憶返回的地方，正是那個時間點。我蹬腳掙扎，放聲哇哇大哭，接著頭頂上的黑洞被打開了。新年第一天，草葉育幼院的院長做完凌晨禮拜回來，以為有隻幼貓被困在廚餘桶，於是打開蓋子想把牠救出來，沒想到看到躺在籃子裡的嬰孩，嚇得倒抽了一口氣。而我為了生存，必須不斷面對這種令人疲憊的羞愧時刻。

當時我為什麼要哭呢？假如當時我悶不吭聲，想必現在已經成了一顆星塵、風、塵土或花朵等，與現在截然不同的存在。不管變成了什麼，都比現在來得強，就是因為我沒有選擇沉默，而是選擇了比較吵鬧的那一邊，所以我現在正在承擔那個後果。我期望眼前能夠褪成一片白色，它卻開始一點一滴有了色彩。跌坐在地上，抱住自己頭部的安德森太太，還有看準安德森的頭髮衝過來的阿姨，勸阻阿姨的社工，以及發抖看著這混亂場面的我，全都進入了同一個視野。

原本只是可有可無的念頭，我卻對過去的記憶變得有些執著了。院長聽到孩子的哭聲，將我從廚餘桶抱出來的那天，有一個大家都沒察覺的重要關鍵，那就是多虧了我當時哇哇大哭，這個世界才能少一點羞愧。假如有人發現時，身穿漂亮衣服的嬰孩已經凍死在廚餘桶內，這個世界就會比現在變得更無地自容。我沒有成了漂亮閃耀、毫無想法的星星，而是成了疲倦又羞愧的無依兒童，替這個世界揹負它本來應該要丟的顏面。這個愚昧的世界究竟有沒有想過這件事？有沒有想要搞清楚他們虧欠了我多少？

明知世界不可能償還欠我的這筆債，我卻領悟到又必須再次做出相同的事。我必須催促不聽話的喉頭，擠出聲音，必須穿破厚重的無感帷幕，朝著這令人厭煩的世界大吼。而丟臉的份，終究還是落到我頭上。儘管如此，我也只能這麼做。長期未使用的喉嚨發出不是人的說話聲，只有喘著粗氣的呼吸聲，而且還只是勉強一點一點發出聲音而已。碰到這種時候，長久以來的領悟就會慢慢找上我——不要用喉嚨，而是靠身體發出聲音。就像從剪刀的壓迫中甦醒般，我開始慢慢從身體的末梢開始用力。我對手指施力，握住拳頭，提起即將摔倒般晃動不止的膝蓋，將胸口填滿空氣，就連整個腹腔都脹得圓滾滾的。我可以感覺到頭頂和耳廓冒出了噗滋噗滋作響的滾燙氣息。我的身體不斷扭動掙扎，想方設法要讓徹底僵硬的嘴巴和舌頭動一動。率先脫口而出的不是說話聲，是「喔喔」的嗚咽，但總比沒有好。

阿姨肯定連我抓著她的手臂都沒感覺，氣昏頭的阿姨輕輕鬆鬆就把我甩到一旁，下一秒，我已經呈大字形躺在地板上。社工尖叫著跑過來，抱住我，將我攙扶起來，我像個受人控制的傀儡般胡亂揮舞雙臂，再次站起來拉著阿姨不放。郭恩泰醫生叔叔說，因為我擁有很高的智力，面對困難也能順利消化，也說別人克服不了的難事，換作是我，就是棄養和緘默症也都能克服。郭恩泰醫生叔叔說的話一定是對的，無論是要靠智力，還是要靠喉嚨，我都非得擠出點什麼。

「阿姨……阿姨……」

阿姨扭來扭去的背部停了下來。

「阿姨……不要……阿姨……」

安德森太太推開阿姨，試圖想要抱我。

「Oh！Listen！She talks！」

安德森太太身上的櫻桃味撲鼻而來，一陣噁心感又跟著湧上。我真心對安德森太太感到抱歉與感激，也非常喜歡她，但我完全無法忍受他們一家人身上那來歷不明的香甜氣味。我把晚餐吃得很開心的涼麵一口氣全吐出來。

阿姨一把推開安德森太太。

「不要碰我們家小雪！」阿姨用雙手摟住我，跌坐在地上，失魂似的痛哭失聲。

安德森太太一邊哀嘆這究竟是怎麼一回事，一邊整理遭逢變故的頭髮，社工則是不停向安德森太太賠不是，把她帶到了外頭。

我沒有再向安德森太太告別，我們的道別時刻已經拖得太長，也太過險峻。因為實在太過愧疚，我只能選擇放聲大哭，不管是過去或現在，我能做的，就只有這麼點事。

2

當年院長的歲數已經五十有八，擔任草葉育幼院的院長也有二十餘年，什麼大風大浪都見識過。她以為面對被遺棄的孩子，應該不會再有什麼大驚失色、或心疼到肝腸寸斷的事，但就在新年下著初雪的凌晨時分，她把廚餘桶內的我打撈上岸後，再一次嚇得慌了手腳。

「只要再走幾步就行了，怎麼就停在那了？還替寶寶穿上了這麼漂亮的衣服，孩子的媽一定苦惱了很久。」

院長替我脫去上頭沾滿廚餘的漂亮衣裳，用溫暖的熱水替我洗淨身體，而當時院長的臉上有數不清的斜線。

假如我說，我到現在還記得院長當年的模樣，那肯定是在說謊。說實在的，我自己也壓根不相信。搞不好這是捏造出來的記憶，不過，我確實記得她的樣子。院長穿著黑色毛大衣，圍著一條金色與靛色相間的圍巾。扣除稍有一點年紀，院長身形纖細、打扮時髦，即便說她是一位空姐，也會有人相信。院長替這個在大雪紛飛的新年當天，從廚餘桶抱出來的寶寶取了「小雪」這個名字。

我記憶中的院長一直是個時髦的人，一輩子與贅肉這個字眼沾不上邊，始終維持和院長很搭襯的端莊短髮，看起來充滿威嚴、頭腦很清晰，與公家機關或後援會的人說話時，就算再複雜的數字和法規也能信手拈來，從不曾結巴。

在廚餘桶被發現還有一項好處，那就是院長特別疼愛我，連小小年紀的我也能明顯感覺到。我是唯一被允許在院長室玩耍的孩子，而我很快就學會了不造成騷動或打擾院長的方法。看書對彼此是最好的，院長忙於公事之餘會和我對望，稱讚我很乖巧，並露出燦爛的笑容，她也會花心思留意院長室有沒有少了新書。

即便因腦中風暈倒而住進了療養院，院長依然悉心照顧我，要我在阿姨家時要多閱讀，而且竭盡一切想把我送去好人家收養。包括替安德森家族收養一事牽線，而在我回來後提起轉學一事的，也是院長。

「不可以再回原來的學校，這樣小雪會變成大家的笑柄，要讓她轉去新學校，有個全新的開始。」

腦中風後，院長的半張臉變得如面具般僵硬，完全動不了。院長用口齒不清、難以聽懂的發音向阿姨強調了好幾遍，只要是院長講的話，阿姨從來沒有聽不懂的時候，只消看一眼，就能快速掌握院長的想法。

聽到院長說非轉學不可，我們都很困惑，雖然很慶幸沒有出現「嗯，我回來了。」「收養的事呢？」「告吹了。」這種尷尬的對話，但這就好比俗話說的「好事不出門，壞事傳千里」，許多住在同一區的孩子老早就知道我回來的消息了。另一方面，我們也覺得，如今距離畢業只剩一個學期，有必要轉學嗎？

但阿姨對院長的交代是使命必達。雖然阿姨並未滿足幾項當寄養家庭的條件，但信誓旦旦地向院長保證會好好撫養我，最後好不容易才在院長協助下帶我回家。老實說，我也和阿姨不相上下，如果院長說了什麼，也只會覺得阿姨和我都要乖乖照做。

轉學沒有想像中容易，阿姨四處奔走、費盡心思。想要轉學，就必須要有搬家、遭排擠等事由，收養失敗這個原因可是前所未聞的。

經過阿姨千方百計的打聽，最後找到的辦法就是讓我轉學到距離稍遠的宇上小學。聽說那是間私立小學，所以就算沒有搬家或遭排擠等事由，也能轉學過去，唯一美中不足之處，就是它和免學費的溫谷小學不同，必須另外繳交註冊費。阿姨靠著在餐廳工作賺錢，雖然撫養我能向國家領取微薄的補助金，但要是在餐廳工作的事被揭發，寄養家庭的資格就會遭到剝奪，因此這件事成了祕密。就算把兩者加起來，也擺明了只能過上苦日子，聽到必須繳交昂貴的註冊費去上私立小學，我的心情變得很沉重，阿姨卻一個勁地高興不已。

「我們小雪運氣真好呀，剛好熟客裡頭有那間學校的老師呢。」

阿姨在販賣炒豬肉拌飯的通百食堂工作，那是個擺有數張四人桌的小餐廳，名字來自於店主人奶奶的故鄉通百谷，餐廳名稱倒是和人氣餐點炒豬肉拌飯很相襯。當客人一邊將屁股擱放在沒有椅背的圓椅上，一邊說「請給我兩個通百」時，阿姨就會放上以紅色醬料醃入味的厚實肉片，在鐵盤上炒得滋滋作響。

雖然只是位於老舊大樓入口處窄小商店街的一家不起眼小店，但上門的顧客包括了帶著孩子來飽餐一頓的家庭，還有生意下班後想來瓶燒酒小酌的酒客，生意算是不錯，也在附近鬧區的上班族之間做出了口碑，穿白襯衫光顧的客人不少，宇上小學的教務主任就是其一。

幾年前，通百食堂的奶奶把餐廳過繼給大女兒，回到故鄉通百里過起田園生活，偶爾才會到通百食堂露一下臉，確認醬料的味道是否一如既往，老顧客是不是吃得心滿意足。就在阿姨為我的轉學問題唉聲嘆氣時，正好奶奶來到了首爾，但奶奶從頭到尾面無表情，也不知道有沒有聽見阿姨的嘆息，就在阿姨納悶奶奶這次怎麼在餐廳待這麼久時，宇上小學的教務主任出現了。奶奶不管三七二十一，先拿出一瓶燒酒當作招待，問教務主任能不能收一名六年級的聰明女孩。起初教務主任說時間太接近畢業典禮了，所以不行，但奶奶反問，既然都要畢業了，只是上個幾天課也可以吧？教務主任想了一下，問了幾件關於我的事，接著就改變主意說要收我了。

這是幾個月以來，第一次看到阿姨笑得這麼開懷，她打電話給院長，告知我能轉學了的語調，簡直自信心爆棚。

「聽說許多有錢人家的孩子都是上那所小學，我們小雪也能去那麼棒的學校啦！」

我上網搜尋了一下宇上小學，出現了幾百篇相同的報導，都與涉嫌隱匿財閥後代和藝人子女的學校暴力行為有關。雖然有點怕怕的，但我心想，反正不管到哪都有壞孩子，溫谷小學也有不少惡劣的孩子啊。我決定不把這件事放在心上，並告訴自己，只要撐半年就行了，也不需要熟悉那些陌生臉孔，只要像個影子般不起眼地躲過幾個月，順利畢業就行了。

開學第一天，阿姨和我轉乘社區小巴和公車前往宇上小學。直到早上，阿姨都還一副興沖沖的模樣，但體驗過上班尖峰時段公車擠滿人的煎熬後，整張臉就垮了下來。由於過去幾乎不需要在上下班時間搭乘大眾交通工具，我們沒料到會是這幅景象。與暈車搏鬥了一整路，最後終於抵達宇上小學時，我們看到整條巷子塞滿了高級車，不由得大吃一驚。等到孩子們下車，通過校門，戴著墨鏡的媽媽們就會面無表情地轉動方向盤快速駛離。

宇上小學的象徵是金色巨大拱門狀的校門，但不像官網上的照片那樣閃閃發亮。人造草皮的運動場和紅色跑道形成鮮明對比，看起來很漂亮。雖然是開學日，但也能看出學校的學生家長特別多。

我還發現了一個事實，並大感意外，那就是不僅是手錶、墨鏡和皮包，就連皮膚、髮型、姿勢和表情都能結合在一起，營造出某種特有的光芒。媽媽們不約而同地身穿無光澤、黑白色系的衣服，而包圍著她們、跟著她們移動的，不是刺眼的光芒，而是宛如從布簾後方隱約透出來的光輝。那是我在過去的生活範圍，也就是在草葉育幼院、溫谷小學和通百食堂都不曾見過的光輝。那道柔和的光芒既陌生又可怕，同時也令我著迷。

明明不是音樂學校，卻有大約一半的孩子們揹著龐大的樂器袋走來走去，也有不少媽媽提著孩子的樂器，陪孩子走著。他們全都散發出自己渾然不覺的專屬波長，在我們身上見不到的那道光。

即使混雜在眾多孩子之中，也全然遮掩不了我的身影。大家已經開始斜眼打量我了，那興致勃勃的視線，似乎是衝著我的辮子來的。宇上小學和公立小學不同，就算是育幼院出身的孩子，也要花心思好好打扮，給大家留下好印象。聽完院長這番嘮叨後，阿姨左思右想，最後把我的一頭長髮編成兩條辮子，在尾端綁上了紅色的大鈴鐺。辮子完全不是最近流行的髮型，而且六年級的孩子根本沒人做這種奇怪的造型。但我不忍心告訴阿姨，只能裝作若無其事，面無表情地走在校園，其實內心超級在意大家投來的視線。

開學日早晨的教務室鬧哄哄的，因為認識通百食堂的奶奶而決定收我當學生的教務主任，是一位年輕帥氣的男人。還以為年紀已經一大把了，真是叫人意外。

「尹雪！妳好啊，我們好好表現吧。妳到六年二班去，老師會很高興地迎接妳。」

向我打招呼的教務主任很開朗、充滿朝氣，教務主任這麼帥氣，溫谷小學根本難望其項背，看來這裡真的是間很好的學校。

我怯生生地走進六年二班的教室，班導師彷彿真的睽違已久似的猛然起身。我正想著「不會吧？」下一秒老師就張開雙臂奔過來，一把摟住了我。

「小雪！」

開學日早晨躁動嘈雜的教室頓時安靜下來。假如是母女重逢就算了，這種熱情的擁抱根本就不適合當作轉學第一天的打招呼方式。我像根木棍般杵在原地，把身體交給了班導師的兩隻手臂。

「小雪竟然和我們成為了一家人！老師真的好高興啊。來，六年二班的同學們，要和大家一起度過最後一年的新朋友，尹雪來了。」

老師的嗓音在顫抖，好像下一秒就要哭出來了。站在同學一雙雙的眼睛面前，我彷彿變成一位登上舞臺的芭蕾舞者。

「小雪，妳不認識老師吧？老師可是把妳記得一清二楚噢，小雪從小就是一個好特別的孩子！」

我突然感到一陣暈眩。草葉育幼院規模很大，經常有大學生來當志工，指導孩子們寫作業和玩遊戲。我是那裡最有名的孩子，也多虧了這件事，我多揹負了一項人生包袱——收到素昧平生的陌生人突如其來的問候。

「這是老師給小雪的禮物。我們班上的同學都有一本自己的幸福筆記本，我們小雪也和同學們一起養成記錄每天幸福時刻的習慣吧！」

班導師給了我一本上頭掛有小鎖頭的手冊，還附了一把小巧玲瓏的鑰匙。

「妳就坐那邊的空位好了，我們時賢也會多幫小雪適應班上，對不對呀？」

班導師指示的座位旁邊，坐了一個說是高中生也會有人相信的高個子男生。不知道為什麼，我一直跨不出步伐，只能杵在原地一直看他。六年二班的孩子們都有一種個子很高的奇異感，使得這間小學生的教室顯得備受壓抑、無法伸展，時賢更是把那些同學狠狠甩在後頭，大家只能鬱悶地看著他的後腦杓。坐在教室裡的他，猶如一隻即將振翅飛向某處的白鶴，顯眼程度和我的紅色鈴鐺不相上下。他的左腳隨意掛在我要坐的那張書桌桌腳，但我無法讀懂他的表情，所以鼓不起勇氣開口要他把腿收回去一點。

幸好在把屁股放在椅子上之前，班導師再次叫住我。

「小雪，教務主任要妳再去一趟教務室耶，好像需要填寫資料的樣子。」

我帶著幸虧能先遠離這讓人莫名感到壓力的同桌的僥倖念頭，再次來到走廊上。前往教務室途中，我遇上一個學生家長，但轉眼間，以快速步伐奔走的學生家長就增加到三位。

「英姝媽媽，妳也聽說了嗎？」

「就是啊，本來說六年級不收轉學生的，怎麼突然……」

「之前替我姪子打聽時還說絕對不行，也太傻眼了吧。」

她們壓低音量的說話聲令我心生畏懼。

教務室聚集了更多學生家長，我明白了一件事，在開學第一天還沒過完之前，我原本打定主意要不留痕跡地度過半年、安安靜靜地畢業的計畫就泡湯了。我，儼然成為八卦主角，大家為此爭執不休。我聽到了某人憤慨激昂的聲音。

「學校又不是在做什麼畢業證書生意的地方……到底是哪家的孩子，為什麼這樣做，說來聽聽看嘛！」

阿姨默默蜷縮在教務室不起眼的角落，但我並不想走到把一頭蓬亂捲髮緊緊綁成一束的阿姨身旁。我別過頭，假裝不認識阿姨，注視著教務主任。

「小雪妳來啦……」

學生家長的目光一下子聚焦在我身上。

「很抱歉沒有事先向各位解釋，但這件事並沒有違背原則。小雪，妳來填一下這裡的文件。」

但教務主任原本要給我的文件，被一位學生家長的手中途攔截了。

「這問題不是說兩句話就能打發過去的，等轉學手續辦完後，就什麼都無法挽回了耶。」

「請教務主任現在給大家一個明確的理由，究竟為什麼只有這名學生能享有特權，轉學到這裡？」

教務主任不過是賣了通百食堂的奶奶一次人情，自己卻陷入窘境。此時教務主任那張帥氣的臉孔僵硬得像石頭。他握住我的肩頭，讓我轉身面向這些學生家長，而我就像隻全身的毛被拔個精光的生雞，站在他們灼熱的眼神前，臉頰燙得不得了。

「這是這次轉學來的尹雪，聽說在溫谷小學是表現非常優異的孩子。」

「表現優異的學生，就可以不講原則嗎？」

「其實，也包括了教育廳一直要求的部分。學校也是經過深思熟慮，才決定要收小雪這個學生。」

「您是指教育廳要求什麼？」

「應該說是學校的社會貢獻嗎？雖然不算是社會統合典型[1]個案，但必須給予各種學生機會……從消弭財團與教育廳之間的緊張關係來看……就這個層面，做出了希望接受小雪轉學過來的決定。」

學生家長們驚慌失措地大聲嚷嚷。

「就算只有一、兩名學生，要是不慎摻進了一顆老鼠屎，有可能會壞了一鍋粥，要是發生這種問題，您要怎麼處理？」

「小雪一定會對我們學校和孩子們帶來正面影響，大家不需要對此太過敏感。」

「您是指怎麼樣對我們的孩子有幫助？」

「看到小雪身處艱困環境卻依然表現良好，我們宇上小學的小朋友也會向她看齊的。」

聽到教務主任和學生家長的談話，我覺得他們好像不是在講我的事，而是在討論綜合維他命或紅蔘的效果。這些學生父母立刻召開會議，斜眼打量著我和阿姨，嘰嘰喳喳地說個不停。最後，學生家長代表搖了搖頭。

「我還是認為這次轉學不合理，為了往後轉學生的管理著想，一定要設立標準，請您確認一下，這個孩子的程度是不是能跟上我們學校的教育方式。」

「沒錯，需要透明公開的標準。」

學生父母們的表情決然，教務主任揮手要幾名老師過來，窩在教務室一角竊竊私語，教務主任取下眼鏡，拿在手上，揉了揉疲倦的眼睛。

1 指針對國家表揚對象、低收入戶、單親家庭或隔代教養家庭之子女等，給予入學優待。

「那麼今天就來做個簡單的學力測驗吧。」
「您一定要公正。」
「這是當然的，會以公開透明的方式進行。」
「要是無法通過測驗呢？」
「既然課業無法跟上，那要插班大概也很困難，關於這一點，尹雪同學和監護人都會諒解的。」
我根本就沒聽說要學力測驗的事，頓時感到很慌張。
「趙老師，請您趕快印出六年級的學力測驗卷，並請史提夫老師過來。」
教務主任一聲令下，大家便開始忙碌起來。印表機勤快地列印考卷，抗議者個個充滿期待。
關於考試場所，大家又展開一番唇槍舌戰。學生父母主張，必須在他們面前接受測驗，大家都深信不疑，我之所以能打破前例，在六年級下學期轉學過來，背後一定隱藏著不可告人的舞弊與特權。雖然就我所知，在這個過程中扮演關鍵角色的，只有通百奶奶招待教務主任的一瓶燒酒。但總之他們說，假如我單獨待在安靜的房間應試，他們絕對不會相信結果，所以，最後決定在以半圓形包圍我的眾人面前公開測驗了。
眾人紛紛投出看好戲、不爽與同情的眼神，我覺得自己好像快招架不住，整個人要往後摔倒了。當身穿橫條紋T恤加牛仔褲的年輕男人突然走過來跟我說話時，我已搶先一步投靠了每次感到痛苦時的逃避方法，神遊到其他世界去了。他笑著說出的話雖通過了我的耳廓，但並沒有抵達鼓膜。他不知道再次說了什麼，見我同樣沒有回答，大家臉上隨即浮現輕蔑與安心的微笑。

雖然時間極為短暫，但我仍做了從出生起到現在反覆在做、同時也已經覺得很膩卻不得不做的那件事——苦惱。我要繼續保持沉默，還是要再次發出聲音？我已經厭倦了這間學校堅決排斥的氣息，也幾乎要下「乾脆重新回到以前的學校還比較好」的結論了。

雖然我遭到遺棄，又是在廚餘桶裡被人發現，但這種冷眼對待還是頭一遭。不能因為是育幼院的孩子，就以為他們都受到歧視或不受重視。草葉育幼院的院長非常疼我，雖然經歷了三次棄養，但過程中沒有發生任何虐待或差別待遇這種粗暴情事，只不過是彼此有些苦衷才分道揚鑣。至少表面上是如此。

無論是在草葉育幼院、在阿姨家，我一直都是在寵愛與稱讚中長大，儘管在學校也經歷過各種傷心事，但錯不在我時，從來就沒有人指著我並行使集體性的抗拒權。以大家無法想像的方式順遂長大的我，對這個狀況感到忿忿不平。說真的，這種事是在我的親生母親將我塞進廚餘桶後，第一次碰到。

「好，我們小雪可能沒聽清楚……英語測驗大概是沒辦法了……那麼，就換國語……」

雖然教務主任低下頭，將目光放在學力測驗評價紙上，但我看到了他竭力想隱藏的微笑。既然有了學力不足這個明確的理由，他只要理直氣壯地把不合格的消息告知通百食堂的奶奶就行了。就算少了通百食堂，能吃到炒豬肉的地方多得是。

管他是國語還是自然科學，接下來的考試不過是形式，結果早已底定。還需要再考下去嗎？不如直接回家吧。我望向阿姨，眼神像在徵求她的意見。

阿姨正眺望著窗外鋪著人工草皮的運動場。那是個紅綠相映的漂亮運動場，阿姨的整顆心都被運動場吸走了，沒有察覺這邊發生了什麼事。在阿姨眼中，想必我已經活力充沛地在那紅色跑道上奔跑了吧。看到那掛在嘴角上的淡淡微笑，我的嘴巴宛如被施了魔法般，自己動了起來。

「Sorry. I just thought Steve would've been an American. Could you tell me once again? If it was a test, I'll take it.」

史提夫老師正要走出教務室，此時停下腳步，交頭接耳的聲音也戛然而止。大家都嚇呆了，我是說除了阿姨之外。阿姨對於我說英語一點都不吃驚。在我第二次被棄養，回到草葉育幼院時，我患了緘默症，就像耳朵什麼都聽不見般一句話也不說，那樣的我再度開口，是在觀賞電視的兒童英語節目時。當時我已經好幾個月沒說話，但就在電視主持人丟出問題，而我也沒頭沒腦地用英語回答後，沉默模式也隨之解除。這是草葉育幼院的所有人都知道的事，院長也是看到我那個樣子，才決定要讓美國人家庭收養我。假如不是因為院長不久後因腦中風暈倒，我的收養問題不了了之，恐怕我早就搭上飛往美國的航班了。總之，我的英語很強。

就像影片倒轉般，一切又回到了原點。正要走出教務室的史提夫老師再次回到我面前，學生家長的臉上恢復了錯愕與氣憤，教務主任也再度一臉尷尬。我不費吹灰之力地回答了史提夫老師接連問的幾個問題，同時發現一項事實——就像我不能說英語會成為我無法就讀宇上小學的明確理由，在大家知道我能以英語對話後，他們就想不出其他藉口了，只會驚慌地轉動眼珠子。我隨即就察覺，放在我面前的國語和數學考卷根本對測驗結果毫無影響。在我身上有非常多看不見的觸手，而且極為發達、極為敏感。

我順利解完只能稱得上無聊程序的國語和數學考卷，推到教務主任面前。學生家長們一臉狼狽地看著一個個用紅色圈起來的答對題目。

「根據測驗結果，小雪充分具備成為宇上小學學生的實力，各位媽媽無須擔心，日後也請拭目以待。」

剛才被用力搶走的文件再次回到我面前晃來晃去。

「您說文件要由小雪來填寫嗎？」

「是的，小雪更拿手。」

這是從頭到尾待在教務室角落、毫無存在感的阿姨第一次開口，大家的視線都不約而同地投向阿姨，而站在視線尾端的阿姨，則帶著一張猶如破舊枕頭的臉，欣慰驕傲地笑著。

「我們小雪做什麼都很厲害。」

阿姨帶著那張乾爽無光澤又無比謙遜的臉，非常滿足地再次介紹由自己帶來這裡、世界上最聰明的孩子。

自從小學一年級和阿姨同住後，無論是學校、居民中心或其他必要的文件，都是我親自填寫的。阿姨填寫資料前，必須先從舊皮包拿出使用多年的手冊，蹙緊一雙老花眼，重複戴上、取下眼鏡許多次，頭也要不斷往後退才行。但即便已經夠小心翼翼了，十之八九還是會寫錯數字和寫錯字。因此，由我來寫會好上一百倍。我的眼睛看得很清楚，阿姨、院長和我的身分證號碼、地址和其他重要資料都儲存在腦中，也不用看備忘錄或手冊，這一直讓阿姨很自豪。

我接過文件，開始填寫空白欄位，學生家長們則一言不發地看我填寫文件。

「老師，地址要寫哪裡呢？要寫草葉育幼院，還是阿姨家呢？」

「寫現在住的地方就可以了。」

尹雪　060101-4679511

地址　首爾市溫谷二十四路七十二號幸福大廈二〇三洞一〇五號
父母　不詳
法定代理人　草葉育幼院　尹甲明 490710-2103714
委託監護人　金恩淑 571007-2190587

我將文件遞給教務主任，接著轉過身，站在門前的學生家長紛紛退開，讓出一條路。

「我們小雪的夢想是什麼？還有，長大後想從事什麼職業？」

聽到教務主任的問題後，我停下腳步。教務主任似乎認為最後還是要以笑容收尾，露出非常燦爛的笑容。教務主任真是一個很愛笑，也很帥氣的男人。俗話說，伸手不打笑臉人，但很奇怪的是，我心中卻有把無名火。這就是大家所說的青春期嗎？真不曉得為什麼看到那張笑臉，我會如此氣憤難平。

通常有人問我將來的夢想是什麼時，我會回答「醫生」。因為郭恩泰醫生叔叔，增加了我對醫生的敬意，我希望自己成為能治療病人的身體、也能撫慰生病心靈的醫生。假如我當了醫生，我就能替可憐的阿姨照顧疼痛的膝蓋，賺很多錢，讓阿姨好好享清福。我希望能讓阿姨待在我工作的醫院，心滿意足地眺望窗外景致一輩子。

但今天，在這些表情僵掉的人們面前，我怎麼都開不了口。經過觀察，我領悟了一件事，假如某個孩子說想當醫生，他的父母會喜上眉梢，但其他人會面露厭惡。既然我無父無母，如果我說想當醫生，就等於世界上所有人都會感到厭惡。至於阿姨嘛，不管我要當醫生還是當老師，或者什麼都不當，阿姨都沒有任何想法。

有時，我會說想當老師，但今天突然對老師這個職業很反感。今天遇到的教務主任，讓我想起了傳統故事中的某隻狗——就是全身塗滿香油，毫髮無傷地從老虎喉頭「咻嗚～」一口氣溜到腸道尾端的那隻狗。

碰到只能講醫生或老師以外的夢想時，我有幾個事先想好的職業，像是髮型設計師或廚師之類的，但意想不到的回答蹦了出來，就像身上塗抹香油的小狗般，滑溜溜的、沒頭沒腦地出現。

「偵探。」

教務主任露出苦笑，學生家長又開始咬耳朵。最近還有孩子會這樣回答啊？沒想到她比外表看起來更無厘頭、更單純啊，要不然就是太過精明了。

走出教務室，在長長的走廊上走到一半，發現有廁所，於是一個箭步衝了進去，把早上吃的東西全嘔了出來。我在洗手臺漱了口，快速抹去幾滴淚水。頭好暈，我把手按在牆上，但就連手的知覺都變得好遙遠、好遲鈍。隱約散發光芒的孩子與媽媽走的那條走廊，看起來與剛才截然不同，顯得陰暗濕軟，地面和牆壁也彷佛在蠕動，也就是說，這間學校就像一條有生命的腸子。而我要做的，就是避免自己在裡頭變成一團糊糊的東西，平安存活六個月，然後順利畢業。

儘管懸著一顆心，但在宇上小學的前幾天平靜度過了。用餐時間，我漫不經心地將燉雞放入口中，意外被學校伙食的好滋味驚豔到，忍不住暗自讚嘆「這裡被稱為好學校，果然是有道理的」。

「啊，這燉雞有夠難吃。」

「叫學校換一個營養師啦，我看他只會做雞肉料理吧。」

「聽說明聖小學有咖螃麵耶。」

「我們營養師那麼無知，應該不知道那是什麼吧？」

「吼，這菜色看了就煩。」

聽到隔壁桌男生說的話，我的心跳不由得漏了一拍，接著開始撲通撲通狂跳，生怕有人會問我：「妳知道咖螃麵是什麼嗎？」就連覺得燉雞很美味的想法，我都希望可以收回。假如別人抱怨不好吃的食物，我卻一個人吃得津津有味，大家會以為我是餓太久。不管在哪裡，別人都會說我挑嘴，為什麼偏偏今天會覺得很美味呢？這個燉雞究竟是好吃，還是不好吃呢？我突然覺得一切都好混亂，身體因害怕而開始顫抖。

稍微轉頭看了一下，這些男生嘴上嫌難吃，言行卻完全不一致，燉雞高得像一座山，正大快朵頤著。只是，我再也不覺得燉雞美味了，不只燉雞，我討厭起所有食物的味道，每次吃飯只會意興闌珊地吃一點，最後把剩下一堆食物的餐盤歸還，同時因安心而感到一身輕。

時賢身上散發一種讓人在意的氣息。對於一心希望不要引起他人注意、躲在人群中生活的我來說，在時賢隔壁這擄獲所有目光的座位，無疑是最糟糕的。我用新生的愚鈍包裝自己，試著向時賢攀談，得到的是不冷也不熱的反應。別的孩子搭話時，時賢就會用參雜髒話和狀聲詞、毫無意義的簡答回應。也就是說，假如不知道時賢的外表，只用聲音跟他對話，會認為他只是平凡的小學男生。不管男生或女生，都會想辦法討好時賢。時賢在這個教室裡的存在感輕而易舉地就超越了班導師，但我一直對時賢心懷芥蒂。

班導師非常留意我的表情與一舉一動，三不五時就笑容滿面地看著我，或朝我比出手指愛心，而我像是在給予回禮般，在幸福筆記本的第一頁寫下「來到宇上小學後，遇到親切的同學和班導師，讓我覺得好幸福」。我一邊用色筆畫上大大的愛心，一邊暗自祈禱站在遠處偷瞄的班導師也能看到。我那運用陰影，替愛心補滿立體感的手指令我雙頰發燙，但我無法停止塗色的動作。我期望班導師的熱情歡迎與視線能持續包覆著我，成為保護我不被這所學校的利齒撕咬、被它的胃液融化的香油。

但碰到這種問題，我的預感向來不會出錯，就在班導師的關注消失的絕妙時間點上，大家的挑釁行為也接踵而至。有一天，我上完廁所回到教室，發現大家看似在各玩各的，或在為下堂課作準備，但焦點似乎全集中在我身上。活脫脫像隻長臂猿猴的時賢一個人不知道在笑什麼，俊美臉龐露出嘲諷的表情，讓人看了發毛。決鬥的時刻來臨了。

我隨即就發現抽屜裡的幸福筆記本不見了。雖然鑰匙在我手上，但時賢和其他人要讀筆記本的內容簡直易如反掌，只要把玩具鑰匙隨便插進去轉幾下，就能輕鬆打開。一想到我那用來巴結老師所畫的愛心，臉頰就像要燒起來似的。我努力假裝那不過是一本筆記本，有沒有都無所謂，但見到整個書包空蕩蕩的，腦袋瞬間一片空白。裡頭沒有筆袋、沒有課本，什麼都沒有。

只要得知我是育幼院出身，孩子們經常做出這種挑釁行為，但我一次也沒有悶不吭聲。我的選擇，是像隻母貓般兇狠迎戰，或背地裡捅對方一刀。我的體內堆滿了名為委屈的汽油桶，那是人生帶給我的，我經常能感覺到喉頭下方傳來刺鼻的氣味。在學校時，我大致算是個模範生，但碰到這種挑釁行為時，就會從那汽油倉庫取出幾桶，點上火。假如沒有偶爾燒掉個幾桶，搞不好哪天晚上，我就會因為委屈到不行而一次爆發，發出「砰」的一聲，不留痕跡地消失。

不過這一次我遲疑了，沒辦法隨便點燃火苗。這所學校和過去就讀的平凡學校有某種不同之處，要是現在情緒爆發，別人反倒會說我「果然是沒爸媽的孩子」。也許此時此刻，一心等待這一刻到來的父母們，正屏氣凝神地潛伏在走廊上。往後要在這裡度過的時間是半年，也沒有漫長到值得引起軒然大波。就算覺得痛苦，只要安靜地過完一學期，我們就各走各的路，永遠不會再見到面。

但時賢並不想安靜了結這件事。

「怎麼了？發生什麼事？」

時賢看我盯著空無一物的書包，露出笑咪咪的樣子。明明比我高了二十公分，但仍要看他腳下的我被踩得粉碎才甘心。我盡可能裝作若無其事，因為就算再好的學校，也必定會有這種惡人。

「如果是你藏的，就還給我。」

「為什麼？妳要親自去找出來啊。」時賢也不否認是自己所為。「妳的夢想，不是當偵探嗎？」

「偵探、偵探」的耳語和嘲笑聲，如波紋般在同學間擴散開來。我作夢也沒想到，轉學第一天在教務室舉辦的冰冷歡迎儀式，會在不知不覺中傳到大家耳裡。因為是突然蹦出來的答案，所以其實我連自己這麼說過，都忘得一乾二淨了。

快要窒息了。這些孩子不可能懂得一出生就失去重要東西的人生是什麼滋味。透過電視劇學習家庭如何組成與功能的我，還清楚記得第一次受邀到朋友家的記憶。初次見到過去只在畫面上看過的客廳、主臥房、廚房等平凡空間時，我整個人被恐懼與激動震懾住，接著我突然在主臥室的壁櫥前嚎啕大哭，只因這幾扇關得牢實的門，讓我覺得自己被拒於門外。

我毫無選擇餘地，只能過著無父無母的人生，那宛如隨時能瞬間將我吞噬的闇霧。我不知道自己該奮不顧身地衝進去搜尋失去的東西，還是該卯足全力朝反方向奔逃。據說鳥兒出生時，腦中就掛了一個能偵測東西南北的羅盤，而我的羅盤等於從一開始就故障了。

這些每天早上在自己房間醒來，搭著父母開的車或校車上學的孩子們，不可能體會我的失物人生。堅決排斥我的媽媽們，與年邁又搞不清楚狀況的阿姨，這寒酸的對比與那個故障的羅盤引發了異常反應，導致我的口中蹦出了「偵探」這個莫名其妙的回答。這個回答，彷彿是在自嘲不知道失去了什麼，卻不得不流連尋找的我的命運。現在，時賢卻要我去尋找那本令我臉頰發燙的幸福筆記本和其他物品。

口中再次冒出刺鼻味，汽油已經湧上喉頭，不停翻湧。我會爆發的，但不是像在溫谷小學時那樣，用饒舌的方式飆出一大串狠毒髒話。這個地方正虎視眈眈地盯著我，一心等待有能驅逐我的藉口。要是造成問題，誰要負責？學生家長指的正是這種情況，我不能罵髒話。

「好啊，在哪裡？」

我決定裝滿一大杯汽油，朝時賢潑灑過去，按照他們的方式，帶著安靜、卑劣的笑臉。他們要是知道，我不過在幾天內就神不知鬼不覺地學會了他們那一套，一定會大吃一驚。就像阿姨說的，我做什麼都很厲害。

「你昨晚抱著黃色猴子玩偶睡覺。」

時賢的臉僵住了，臉上瞬間閃過錯愕的表情，我和孩子們都看見了。

「妳在說什麼？」

「你買了書包之後，好幾天都不和爸媽說話。」

孩子們的目光都移向時賢的書包，那是最新品牌的黑色書包。

「雖然你的夢想是成為醫生，但其實內心一點都不想。」

「好笑耶，聽妳在胡說八道。」

時賢想嘲笑我，但我已經獲勝。在孩子們的腦海中，已經有了時賢摟著黃色猴子酣睡的畫面。我的皮膚長滿了密密麻麻的隱形觸手，而我滿肚子裝的都是汽油。我帶著笑臉，炯炯有神地盯著時賢兩秒，接著就冷漠地別過臉去。看著別人的臉時會感到痛苦的我，開發了這種視線處理方法。

「抱歉，猴子玩偶應該是你的祕密吧？」

時賢用長腿踹了我坐的椅子一腳，孩子們發出短促的尖叫聲，雖然身體和椅子猛然晃了一下，但我及時抓住書桌，才沒有摔個四腳朝天。

「各位同學，發生了什麼事？」

是班導師。過了好一陣子，我才知道每週四下午連續有特別活動和語言學課程，所以班導師幾乎不會在這個時間來教室。總而言之，班導師在這巧妙的時間點現身，是時賢和他的同黨沒料到的。一股驚慌失措的沉默在教室內瀰漫。

我的心臟撲通撲通跳得好劇烈，班導師看到了哪些、又聽到了哪些？就算沒有親眼看到時賢踹我的椅子，也應該有聽到碰撞聲和大家受到驚嚇的尖叫才對。我被嚇得發白的臉，和時賢尷尬轉身坐著的樣子，絕對不是什麼正常的畫面，只要有眼睛和耳朵的人，都會察覺現在發生了什麼大事。

我認為班導師察覺了什麼，她輪流看著我和時賢，平時總是笑容可掬的臉隱約透露出不安，甚至還環顧了一下周圍，像是在等待在沉默中瞪大眼睛的孩子們告訴她些什麼。她一天到晚不停強調「需要幫忙時，隨時告訴老師」，指的就是這種時候，但是，就在班導師逐漸模糊的笑容再次燦爛綻放的瞬間，我就把這一絲希望給扔了。

「六年二班的同學，中文老師馬上就來了，要事先做好準備才行喔。」

班導師拿起放在書桌上忘記帶走的手機，走出教室前，朝我們拋出比任何時候都充滿信任與愛的笑容，而時賢也回報好看到不行的微笑。簡直不敢置信，這群人真的很懂得擺出笑容。我在一週內就明白了，笑容在這所學校不過是塗抹在臉上的化妝品，不能把笑容解讀成善意，也不能輕易相信笑臉人。

我深刻感覺到自己被老虎咕嘟吞下了肚子。我雖不能像他們用詭異的笑容解決一切，但我會全身上下塗滿香油，一身滑溜地在老虎肚子裡存活下來，絕對不會被那毫無慈悲的利牙咬得粉身碎骨，變成發出惡臭的一灘爛泥，遭人丟棄。

我打定主意不去管那些不見的東西了，因為現在還處於測試能不能任意踐踏我的階段，想必他們不會隨便丟掉或毀損我的東西。要是之後發生問題，還可以掰說只是幼稚的惡作劇，所以一定是藏在了某處。我很肯定那些東西會平安無事地回到我身邊，要做到這點，關鍵就在於不能洩氣，要有魄力地採取行動。雖然是糊里糊塗說出來的答案，但搞不好我真的有當偵探的潛力呢。

放學後，大家坐上爸媽的車，或三三兩兩搭上校車，而我，則朝著家的方向走著。因為皮夾也不見了，沒辦法搭公車，只能眼巴巴地跟在早上搭的公車後頭。我在陌生的路上走了很久，最後來到郭恩泰小兒科暨青少年科診所前，我愣愣地抬頭仰望招牌，難過的心情如潮水般襲來。

自從小學一年級和阿姨同住，生病時都是到郭恩泰醫生叔叔的診所報到。不管是阿姨或是我，只要看到郭恩泰醫生叔叔，心情就會變得很平靜。醫生叔叔會伸出一雙讓人感到踏實可靠的大手，一把抱起因生病而哭鬧的孩子，放在診療床上。我尤其喜歡醫生叔叔的名字。郭恩泰，是個平凡無奇，但每個字都具有個性的帥氣名字，根本不能拿來和尹雪這種怪異的名字相提並論。我經常偷偷想像，替孩子取

「郭恩泰」這個名字的父母，一定是非常傑出的人士。郭恩泰診所就位於聯合了好幾間診所的大樓二樓，而我站在原地，一動也不動地望了好久。

「這不是小雪嗎？」

彷彿施了魔法般，郭恩泰醫生叔叔突然現身，背後則是在不知不覺中西沉的夕陽，他整個人散發耀眼的光芒。

「哪裡不舒服嗎？肚子現在沒事了？」

我正猶豫著該怎麼回答，郭恩泰醫生叔叔就已經將兩根手指頭放在我的額頭上——就是像敲門般彎成四角形，比電子體溫計更能準確測量有沒有發燒，長了許多手毛、胖胖短短的手指。

「沒有發燒，妳要不要上樓？既然都來了，就檢查一下再走。」

醫生叔叔很快就走到前面，打開大樓的玻璃門，揮手要我進去。我跟著郭恩泰醫生叔叔走進診所，但叔叔沒有搭電梯，而是直接走向樓梯。宛如大熊般結實的手腳很有活力地在我面前擺動。雖然郭恩泰醫生叔叔個子很高，體型也很龐大，動作卻非常敏捷。診間擺放了好幾個獎盃，大部分是在社會人士棒球隊和羽球俱樂部拿到的。每次在公園看到讓孩子騎在自己脖子上的爸爸，我就會想起郭恩泰醫生叔叔，我想，坐在那上頭一定很寬敞舒適，絕對不會搖來晃去。

「小雪，唱首歌來聽聽吧。」一走進診間，郭恩泰醫生叔叔就沒頭沒腦地說。

「隨便唱，唱校歌也可以。」

我還不知道宇上小學的校歌怎麼唱，於是唱起溫谷小學的校歌。

「蓊鬱巍峨溫谷山，教導我們堂堂正正、誠實做人……」

「合格！緘默症已經痊癒了。」

我再次想起被遺忘多時的緘默症，不過醫生叔叔沒有忘記這件事。

「就算沒有患緘默症，多說話也非常好喔。妳看醫生叔叔不是講很多話嗎？大家都問我是不是Ｖ８引擎呢！多講話，心情就會愉快，好朋友也會變多。妳跟著做做看，像叔叔這樣，說話時做這個動作，還可以順便運動，有益健康，肺活量也會提升。」

醫生叔叔瞪大眼睛，胸口快速上下起伏，以搞笑的動作模仿打開話匣子後就停不下來的人。診所之所以門庭若市，應該也是因為醫生叔叔很風趣幽默，但看到我沒什麼反應，醫生叔叔變得很難為情。

「我們小雪太文靜了，看到小雪，感覺好像看到一位老人家。小雪，要常常笑喔，小孩子就該笑口常開，多跑跳、多和朋友聊天，開開心心地長大，知道嗎？」

醫生叔叔叫我笑，我卻一點都笑不出來。說真的，我還必須咬緊牙關，以免自己不小心哭出來。

「小雪，發生什麼事了？看來妳是有什麼煩惱啊！妳說說看，醫生叔叔說不定可以幫上妳的忙。什麼事讓妳悶悶不樂呢？」

郭恩泰醫生叔叔和班導師不一樣，看我的表情就立刻察覺我有不開心的事。醫生叔叔聽起來真的很誠懇，但我仍使勁搖頭說什麼事都沒有。

「看來妳不想說吧？沒關係，不是太嚴重的事吧？如果妳改變主意，想告訴醫生叔叔的話，隨時都可以來，好嗎？」

儘管等候室始終人滿為患，郭恩泰醫生叔叔還是會把沒有生病的我喚去，花一點時間陪伴我。叔叔一定不知道，他的關心讓我覺得自己是世界上最幸福的人，而且因為太開心了，所以連我的指尖和腳尖都發麻了。要是我有這種爸爸，那該有多好呢？醫生叔叔這麼疼愛我，會不會有想要收養我的念頭呢？雖然這個想法讓我很難為情，我卻不想放掉想像的繩索，而且因為想像的次數太過頻繁，甚至讓我覺得就像真的一樣。郭恩泰醫生叔叔，是我夢想的世界中最完美的爸爸。

郭恩泰醫生叔叔的診間桌上擺了好幾張漂亮的照片，照片記錄了我在世界上最羨慕的一個孩子的成長過程。每張照片裡，那個有一雙明亮眼睛、臉頰圓嘟嘟的孩子都抓著一隻黃色的猴子玩偶。就算過了許多年，圍繞那孩子的玩具全都換了一輪，黃色猴子玩偶也依然留在孩子的床鋪上。

醫生叔叔從來沒有提起照片中孩子的事，以叔叔這麼高尚的人格，一定無法在我面前談論在父母無限的愛中幸福成長的孩子。我還曾經在夢中見過那個孩子，他手裡抓著黃色猴子，坐在郭恩泰醫生叔叔的肩頭上，屁股像是故意似的上下跳動。讓孩子騎木馬的郭恩泰醫生叔叔沒有半點不穩。孩子應該很重才對，但叔叔還是穩得像座山，叔叔果然力氣很大啊，要是我也能坐在那個肩頭上就好了。在夢中的我，羨慕得彷彿心都要碎了。

我作夢也沒想到，照片中那個孩子會在轉眼間就變得那麼高大，時賢的身高好像已經到了郭恩泰醫生叔叔的肩膀。儘管和想像中的模樣天差地遠，我依然一眼就認出了他。一聽到郭時賢這個名字，我就反射性的想起郭恩泰醫生叔叔，雖然他完全不像是我在夢中見到的胖嘟嘟小孩，但細細的眼角往上揚的特有眼神，與照片如出一轍，最重要的是，他的嗓音和郭恩泰醫生叔叔一模一樣。時賢說出「偵探」這個字眼挑釁我時，在診間看到的照片彷彿就在我面前般鮮明，甚至記憶中的照片要比眼前的時賢更清晰。

無法坦蕩蕩地站在叔叔面前，這讓我感到很自責，叔叔要我說出自己的煩惱，可是我說不出口。叔叔和時賢差了十萬八千里，叔叔的膚色黝黑，時賢的皮膚很白皙；叔叔像火箭一樣壯碩，時賢就像一隻蜘蛛，四肢又細又長；叔叔說孩子就該笑口常開，他的兒子卻是皮笑肉不笑。

我明白了，自己是掉進了一個更加詭異的世界。

世界上沒有一個人，能讓我討論或詢問關於那個詭異世界的事情。

3

從小，我就無法正視別人的臉，人臉具有讓我忍不住別過頭的力量。反正所有人都長得差不多，也沒必要看得太仔細。我以為每個人都這麼想，直到小學一年級的某一天，我被班導師臭罵了一頓。

「老師不是在跟妳說話嗎？為什麼不好好看著我的臉？妳打算一直假裝沒聽到嗎？」

我從頭到尾都有把他的話聽進耳裡，所以聽他說我假裝沒聽到時，不禁嚇了一跳，第一次知道其他人會正眼看著別人的臉時，更是不可思議。

說實在的，看不看別人的臉不是什麼重要的事，就算沒有正視對方的臉，把對方的聲音、肢體動作、味道等各種資訊綜合起來，也能知道個大概。幼兒老師、院長、班導師、朋友，根本就沒必要仔細去看那麼多張臉，只要知道個大概就行了。就算沒有正視對方的臉，我也能「懂」他們。

我就是這樣領悟的，環繞著我的世上有那麼多人，我卻不曾給過任何人認真的眼神，也知道了我在他們眼中像個怪人，甚至造成他們的不快。對他們來說易如反掌的事，對我卻一點都不簡單，直視電視畫面中的人臉倒還好，但要看實際眼前的人臉讓我太有壓力，也太詭異了。我偷偷努力學習著，如何用自然的方式正視人臉。

我找出了幾個辦法，像是把視線集中在對方的嘴唇邊緣，等對話結束後，就暗自鬆一口氣，並且匆忙將那個人的模樣從記憶中抹去。因為不管是上下抽動的臉頰，或是嘴巴內進進出出的舌頭，其實都超級噁心，讓我覺得很痛苦。自從這樣做之後，再也沒有被指責過，但要看別人的臉依然令我很煎熬。我就好像半個視障人士，逐漸熟悉用肢體動作、聲音、味道或服裝等來辨識他人，而不是用臉部表情。

三年級上美勞課時，班導師要我們畫去動物園參觀的情景。我決定要畫獅子窩。獅子就只是一直在石頭上翻滾和睡午覺，偶爾起身去喝一次水，那畫面卻帥氣得不得了。在陽光下，獅子的鬃毛末梢閃爍著金色光芒，喝完水後的獅子似乎心情很好，甚至還張大嘴巴咆哮了一聲。只可惜憑我擁有的美勞用具，完全沒辦法將獅子的帥氣描繪得活靈活現，但總之我一邊回想記憶中的獅子，一邊超級認真作畫。雖然實際上並沒有看到小獅子，但我興沖沖地想說要不要畫一下，假如有小獅子在獅子媽媽身旁滾來滾去，畫面應該會可愛到讓人整顆心融化。我正在思索該畫幾隻，這時班導師輕輕拍了我的肩膀。

「小雪，妳畫得好棒喔，不過人都跑去哪了？」

我一時嚇到，感到慌張，老師只要我們畫動物園的風景，又沒有要我們畫人。老師說這句話，似乎是把畫中有人視為理所當然。

從那刻開始，我的手指就打結了。問題又出在人臉上。我沒有細看別人的臉，所以根本就想不起任何一張臉，就連人的眼、鼻、口應該放在臉的哪個位置都毫無頭緒。我絞盡腦汁，經過一番手忙腳亂，終於想起了一張臉。我就像在大海中拍打掙扎般，冷不防地抓到了一件救生衣，於是拚了命的揪住那張臉不放。那是個即便在黑暗中也露出悲傷神情、上了年紀的女人，是熟睡中的阿姨的臉，那散亂的灰白髮絲和毫無光澤的皮膚，也都歷歷在目。

差不多在我上小學時，院長因腦中風暈倒，健康狀況惡化，不得不離開育幼院。新上任的院長辭退了在草葉育幼院服務多年的員工，聘用了一批新人。必須離開育幼院的阿姨提出請求，希望能在自家撫養我。聽說阿姨本來並不符合收養或寄養父母的資格，是她千拜託萬拜託，臥病在床的院長才出了最後一次力，把我送到阿姨家。和阿姨同住後，我時不時會在夜裡偷偷爬起來，注視阿姨熟睡的臉龐。

對我來說，要正視別人的臉簡直比登天還難，但在黑暗中熟睡的人臉卻一點都不可怕。早晨的阿姨、白天的阿姨、晚上的阿姨、黑暗中的阿姨、熟睡的阿姨，所有的樣子都是出自同一個人的臉，我覺得神奇不已。總之，畫那張圖時，真的很慶幸能回想起阿姨的臉。

最後，我的畫裡多了一對觀賞美麗獅子的小女孩和年邁女人。身穿棕色上衣、背部微駝的女人，看起來很暗沉寒酸，一看就是阿姨的翻版。我嚇得連忙在棕色衣服上添加明亮的淡綠色，但女人的模樣非但沒有半點起色，反而變得髒兮兮的。最後回到我身旁的老師，看著那個不成人形的女人說：

「這是什麼啊？妳怎麼不畫朋友呢？」

我好不容易才忍住沒有哭出來，結果老師轉身時還補了一槍。

「真是，乾脆不要畫人還好一點。」

儘管第一次描繪阿姨的臉演變成一場慘烈的大失敗，但我仍把當時回想起阿姨的模樣視為非常美好的回憶珍藏著。要是我連一個人都想不起來，一定會驚慌到不知該怎麼辦。

從我有記憶以來，阿姨的樣子幾乎都一樣，可能是因為沒有太大變化，所以記起來特別容易。阿姨一頭披散的長髮，就像蓬鬆毛躁的枯草，上眼皮和手背一樣胖呼呼的，表情也都差不多。阿姨總是埋首於工作，要是突然和我四目相交，臉上就會閃過一絲微風般的笑容。這就是全部了。

「是的，小雪說一點都不難，老師們也早就對她讚不絕口了呢。」

阿姨正開心地向院長炫耀，越講越亢奮。我試著回想在學校看到的其他媽媽，雖然偶爾會見到像阿姨一樣身材圓滾滾、年紀也一大把的媽媽，但沒有人的皮膚像阿姨這麼乾燥粗糙。要怎麼做，才能把阿姨打造得像學校那些媽媽一樣呢？把有蒼白髮絲相間的鬈髮修剪整齊，畫上具光澤感的妝容，再穿上價格昂貴的衣服如何？我自顧自地在腦中替阿姨更換各種造型，但很快就放棄了。就算把阿姨整個人放進水桶或油桶再取出來，整個人似乎仍會是黯然無光。

反倒是無法行動自如的院長外貌還比較好呢。院長留著一頭俐落短髮，身上一絲贅肉都沒有，加上她特有的幹練不減當年，可以說是患者中看起來最容光煥發的。只不過院長的健康狀況不太樂觀，就算手按著牆壁走個幾步也很吃力，所以幾乎都坐在輪椅上。阿姨每個月會帶我去一次療養院，但我沒辦法正視院長的臉，視線停留在輪椅的邊角上。

「意思就是表現得很好吧？」

「是的。」

「每次都拿一百分嗎？」

「……」

「沒有都拿一百分嗎？」

宇上小學幾乎每天都有各種大大小小的考試，據說是為了提前作升學準備，所以六年級的考試特別多。國語或數學等科目可以輕鬆拿到一百分，但第一次拿到中文考卷時，我嚇到差點淚灑教室，因為從來沒學過，一題也答不出來。我特地去找中文老師，告訴他我剛轉學過來，不知道該怎麼讀，說著說著，聲音不由自主地開始顫抖，眼眶也噙滿淚水，把老師給嚇壞了。

「小雪，妳是中文初學者嘛，其他同學都是從四年級就開始學了。」

這話一點也安慰不了我，我不希望別人看到我的考卷分數後，任由他們取笑我。中文老師把同學在四、五年級使用的教材各拿了一本給我，藉由教材的幫助，我才能將前半段的中文進度補上。放學後，我經常獨自拿著中文教材念念有詞，努力閱讀和練習寫字，雖然感覺依然像是在洞窟中摸索，但至少能夠猜對幾題新學的內容了。

我沒有勇氣向院長說明這些隱情，所以安分地沒吭聲。如果惹院長不高興，她一心急，說話速度就會加快，講話就更口齒不清。如果發音變得很奇怪，最後就會造成院長的心情變得更糟的惡性循環。

「那妳放學後，有每天把班導師的書桌擦乾淨嗎？」

「……」

「妳這段時間，一次也沒擦過老師的桌子？」

我什麼都回答不出來。院長一直強調，模範生都會主動擦拭班導師的書桌，在草葉育幼院時，我總是比任何人都搶先一步擦好院長的書桌，院長也為此感到非常滿足，但我從來沒有在學校看到孩子這麼做，做這件事實在太奇怪了。院長最後終於大發雷霆。

「妳以為宇上小學是普通的學校嗎？那是只有最傑出的老師和孩子才能上的學校！妳進了一般孩子作夢都不敢妄想的優秀學校，卻表現得這麼亂七八糟？就算晚上不睡覺，妳也要努力跟上學業，要是靠讀書贏不了，其他方面就要加把勁啊！我不是一直耳提面命，老師一定會特別疼愛替自己擦拭書桌的孩子嗎？要是像妳這樣渾渾噩噩，人家豈不是會對妳指指點點，以為草葉育幼院都是這麼教的！」

我實在不知如何是好，要是我真的去擦班導師的書桌，大概會被嘲笑到宇宙滅亡的那一天。但聽到院長說的話後，我又會覺得不管是什麼都要照做，心臟撲通跳個不停，也恨自己為什麼不能按照院長的期望去做。院長之所以講話發音不清不楚，嘴角會有口水流出來，好像都是因為我。

「妳給我好好做！既然說要負責撫養小雪，就好好做啊！妳要督促孩子的功課，讓她用功讀書啊。我問妳，妳到底替小雪做了什麼？」

院長將箭靶轉到阿姨身上。

「對不起，小雪真的很認真在做。」

「不要光說不練，好好監督小雪的功課！就是因為妳這副德性，小雪才會變得這樣傻呼呼的！」

「我應該多用點心思……我會改進的。」

「早知如此，當初就不該把小雪託付給妳……現在把她送回草葉育幼院更好！至少那裡不會任由孩子自生自滅！」

阿姨縮起肩膀，被院長臭罵了一頓。

「您該進去了，要是這麼大聲嚷嚷，血壓會升高的。」看護走過來，握住院長輪椅的把手。

我老早就在等她過來了，甚至忍不住懷疑，院長情緒都這麼激動了，她是不是故意在拖時間。直到看護把輪椅掉頭，推進病房時，院長還衝著阿姨大喊：

「要是她偷懶，就狠狠罵她！不要放任小雪變成越來越偷懶的蠢蛋！」

通往病房的走廊電動門一關上，阿姨就連忙替我拭去淚水，見我還是啜泣不止，阿姨將我緊緊摟進懷裡，輕拍我的背，耐心地等我停止哭泣，才起身說「我們回家吧」。

在回家的公車上，我偷偷觀察阿姨的神色，雖然阿姨本來就是沉默寡言的人，但院長都發那麼大脾氣了，阿姨會不會說什麼呢？不過再怎麼等，阿姨還是一句話都沒說。

「阿姨，妳沒事嗎？」

「嗯？」

「不是因為我被院長臭罵一頓嗎？」

「那又怎麼樣？」

阿姨的表情就像個傻瓜般清澈，彷彿什麼事都沒發生，始終是同一張臉。

「院長本來就是個急性子，她只是想叫我好好做而已。」

幸好，阿姨完全沒有想要把我送回草葉育幼院。擱下心中的大石後，我就忍不住想使點壞心眼，我真是個怪孩子。

「那我書讀得不好，一直笨笨的也沒關係嗎？」

「妳哪裡笨了？沒那回事。」

「我真的超笨，上數學課一題都答不出來，我說真的。」

「哪有人一轉學就拿第一名的。」

「我不是說第一名，是吊車尾耶。」

「就算吊車尾……也會慢慢進步吧？」

「如果用功讀書也沒有進步，一直吊車尾怎麼辦？院長如果一直生氣怎麼辦？那妳會把我送回草葉育幼院嗎？因為那裡會要求我用功讀書。」

要是我這樣無理取鬧時，阿姨經常會使出同一招，就是緊緊地抱住我，讓我幾乎無法透氣，直接把我的嘴巴堵住。在阿姨宛如粗繩般把我牢牢纏繞的臂彎中，就連瘋狂跳動以致眼前頭暈目眩的心臟與呼吸，也會緩緩平復。

「小雪，沒那回事，院長會這樣不是因為妳。」

「不然咧？」

「今年院長不是七十大壽了嗎？好像是因為那件事……」

「七十大壽又怎麼了？」

「說要聯合舉辦壽宴，但不知道家人能不能來……」

腦中突然天旋地轉，使思緒變得一團亂的中文考試、擦拭書桌和草葉育幼院的事，瞬間都化為一小顆黑點。聽阿姨這麼說，我想起曾經在療養院大門口的公布欄看到聯合舉辦七旬壽宴的通知海報。七十大壽，是院長的七十大壽，我鬆開阿姨的雙臂，挺直腰桿坐好。現在我的頭已經不暈了。

「院長也有家人嗎？」

「聽說住在美國……」

「哪一個家人？」

「……好像說是弟弟、妹妹。」

「他們說不來參加壽宴嗎？」

「不知道……好像沒有消息。」

阿姨似乎也不太清楚詳情，我們沒有繼續聊下去。在回家的漫漫長路上，我一直在想院長家人的事，我從來都沒想過院長也有家人。假如我要舉辦七旬壽宴，結果一個家人都不來，那會是什麼心情？一輩子都沒有家人來找我，所以完全無法想像那種心情是什麼滋味。與家人有關的問題，一直都是個難題，相較之下，能流暢說中文好像還簡單一點。

院長總不時將這句話掛在嘴邊：「雖然照顧了不計其數的孩子，但其中都沒有像小雪這樣的孩子。」

我曾經偷偷地把院長當成自己的媽媽，雖然明知她不是我的親生媽媽，但我就跟院長的孩子沒有兩樣。從我還是小寶寶時，我就是這麼認為的。雖然在學怎麼說話之前就會想這種事很奇怪，但我確實就是這麼想的，我雖然不會說話，但可以用「心」來思考。

我已經幾乎想不起來第一次被收養時的事。據說那是我剛滿周歲時，要記得什麼的難度未免過高，但我和他們一起住了兩年之久，卻連他們的人和房子的模樣都想不起來，確實是有點太誇張了。我只記得那個家的餐桌又大又長，上頭擺著非常豐盛的佳餚，還有院長也坐在餐桌上。

聽說收養我的人家是超級富豪。記憶中的餐桌有運動場那麼大，房子也一定大得不得了。而我所記得的院長，正為了替我找到最棒的家庭而開懷的笑著。當時的院長應該年輕又充滿活力，和現在的模樣完全無法相提並論，但實際上我已經忘記了那張臉。我忘記了眼鼻口的模樣，只有笑容還留在記憶中。竟然忘記了臉孔，只記得笑容，這果然也很不尋常。我的記憶全都像這樣，有某個地方怪怪的。當時我也還沒學會怎麼講話，只能用心來思考，看到院長笑得那麼燦爛，不禁感到很驚慌。

我被人人稱羨的有錢人家收養了兩年，後來那戶人家的事業一出現狀況，隨即就把我棄養了。有傳聞說，原本一帆風順的事業之所以會急轉直下，都是因為讓帶有厄運的孩子進到家裡，當初浩浩蕩蕩離開的我，只得靜悄悄地回到草葉育幼院。

第二對收養我的夫婦，都是大學教授，年紀已經一大把了，沒有生孩子，而我雖然已經超過五歲，但院長信誓旦旦地保證，我堪稱是繼承他們優良基因的聰明孩子，被說服的他們於是收養了我。一生都置身於靜謐的學問殿堂之中的他們，才正要開始稍微熟悉如何養育年幼的孩子、替孩子洗澡等繁雜的事情時，太太卻驟然離開了人世。丈夫沉浸在莫大的悲傷之中，無力獨自撫養我，不得不悲傷地做出終止收養的決定。當時我已經學會說話了，但我依然幾乎不記得那段時間發生的事，只聽過對此惋惜不已的院長多次回想時說的內容。加上最後一次在安德森家族的短暫時期，我總共待過三個家庭。

這些短暫收養我的人好歹也曾帶我去遊樂園，曾經一起去旅行，但別說是留下什麼美好回憶了，我連他們的臉都想不起來。我對自己都感到傻眼，甚至愧疚。收養也好，終止收養也罷，都變得好像別人家的事一樣滿不在乎，唯有院長坐在長桌前的開心臉龐，變成一個驚慌的記憶留了下來。

「小雪，一切都還好吧？因為阿姨不知道怎麼準備考試⋯⋯」

這時，我才從雜亂的思緒中回神，再次想起因為沒在考試中拿一百分，沒替老師擦書桌而被院長責備的事。沒想到這會是因七旬壽宴引起的，我一方面覺得很氣憤，另一方面好像又能理解。我也想起了在險惡叢林般的六年二班中對我虎視眈眈的同學和時賢，但神奇的是，這些都像一百年前的事情般，變得很模糊。

笨阿姨從沒想過，把我送去宇上小學後，我會碰到什麼樣的困難，甚至在我轉學那天，都親眼看到那場騷動是如何發生的，還是整個人狀況外。阿姨一心只為把我送去好學校而開心，直到院長來施壓追問了，才開始憂心忡忡。阿姨真是個無比單純的人。

看到那張無比單純的臉，彷彿在宇宙中央迷失方向的茫然心情逐漸放晴，我覺得體內有一個小小的火花，正安靜地往上竄出裊裊煙霧。有時，儲存在我體內的汽油會無緣無故地自己燃燒起來，差別只在於，在學校時是黑色的濃煙，現在冒出的是白色的煙霧。

「不是樣樣都好。」

「哪裡不好呢？」

「頭髮。」

「頭髮？老師要妳別綁辮子？」

阿姨一臉嚇壞了的表情，看著早上精心替我編的辮子。

「幫我綁緊一點，吃完午餐後就變得鬆鬆垮垮了。」

「哎呀，上了年紀，手也不如以前俐落了。」

阿姨埋怨起自己的一雙手。阿姨真是世界上最好騙的人，就連聽到這麼七零八落的謊話，也不曾有過懷疑的念頭。

因為笨阿姨一直以來都很容易矇騙，所以只要我打定主意，隨時都能欺騙阿姨。我曾從阿姨乾癟的皮夾中偷過好幾次錢，有一次看到裡頭意外有一大筆錢，所以我一口氣取出了十萬元。那一刻的我，簡直和惡魔沒有兩樣。儘管阿姨連著好幾天都為了錢短少而苦惱，唉聲嘆氣地說究竟是哪算錯了，但也一秒都沒有懷疑過我，阿姨真是個十足的笨蛋。

也許別人聽起來會覺得很奇怪，但我就是因為這樣才偷阿姨的錢。有時我會偷去花個痛快，也曾經過了好幾天後，把錢原封不動地放回皮夾。阿姨會擔心我臨時急需用錢，所以把一張一萬元鈔票摺得皺巴巴的，藏在走廊的花盆下，而我，則是隨心所欲地把金額增加到了三萬元。總之，不管做什麼事，都是隨我高興，而且什麼後果都沒發生。這感覺實在無限甜蜜而愉快，使我三不五時就心癢癢的，想去確認這件事有沒有改變。我也很喜歡自己充滿自信地認為，阿姨就是這麼愚蠢，一定不會耍什麼奸詐，會一直撫養我長大。對我來說，這微不足道卻毫不動搖的事實，比世上任何事都要珍貴。

我從出生開始就是和一群「老師」住在一起，住在一起的孩子們總會基於各種理由而不斷來來去去。聽到某種稱謂時，我的腦海自始至終都想不出任何一張臉。假如爸爸、媽媽這兩個稱呼猶如帶來恐懼的漆黑洞窟，那麼奶奶、姑姑、叔叔等親戚的稱謂，更是完全不具任何意義，或不具任何形體的白色平面。

想要畫出一個圓，就必須有一個屹立不搖的中心點。無論我是想起哪一個稱呼，阿姨都是世界上我唯一能夠想起的人。阿姨在我第一天到草葉育幼院時偶然去了那裡，聽到需要照顧孩子的人手，於是開始當起義工，後來成了領取微薄薪水的正式員工。即便在我反覆經歷收養與終止收養的期間，阿姨也一直待在草葉育幼院，直到院長卸任後，阿姨成了寄養父母，直接把我帶回家。

把猶如乾枯野草般的阿姨當成宇宙的中心，我於是能夠丈量人與人之間的距離。看電視時，我理所當然地將頭枕在阿姨的膝蓋上，阿姨會一邊把削好的甜瓜放入我口中，一邊輕輕撫摸我的臉頰。阿姨乾燥粗糙的手掌，是我所知道的人類觸感。假如不是阿姨，我恐怕永遠都不會知道人在呼喚另一個人的稱呼之中，帶有某種能為內心注入暖流的氣息。

從療養院回來後，我刻意算準阿姨從通百食堂下班的時間才洗頭髮。我把頭髮吹到半乾，輕輕抹上髮膠，接著就把整顆腦袋瓜送到阿姨面前，要她幫我編辮子。

「早上再編就好啦，幹麼……」

「早上編的話反而會鬆掉，先編好再睡才不會鬆開。」

「綁成馬尾或剪掉應該比較方便吧……」

「我不要，我覺得編辮子最方便。」

阿姨拗不過我，使力把我的頭髮紮牢。我要阿姨幫我編緊一點，最好能緊到讓兩側眼尾都被吊起來的程度。

到這裡阿姨還沒當一回事，但等到街坊鄰居說我塗著紅色唇蜜和濃濃的眼妝到處跑時，阿姨就沒有坐視不管了。

「小雪，妳這是什麼樣子？是抓了老鼠吃嗎？一張嘴血淋淋的。」

「我只是借朋友的塗一下而已。」

但是一翻我的書包，就跑出一大堆化妝品，把阿姨嚇壞了。

「這些化妝品都是從哪裡……妳該不會……」

這時，我才把在「我愛獨島寫作比賽」拿到的特優獎狀給阿姨看。我把獎狀夾進書頁，把作為獎品的十萬元文化商品券拿去買了化妝品。

既然被阿姨發現了，我乾脆就把原本放在書包揹著到處跑的化妝品全擺在鏡子前。時間很晚了才去洗澡，接著要阿姨幫我編上牢牢的辮子。阿姨什麼都沒說，只是默默替我編頭髮。到了早上，我會留時間慢慢、仔細地化妝，為了讓眼神看起來更強烈，所以把眼線畫得很濃，塗上商品名稱為Oopsie Poopsie的鮮紅色口紅，接著穿上安德森太太送我的衣服中最短的裙子出門。抵達學校前，我會在巷子裡把前一晚精心編好才睡覺的頭髮鬆開打散，沒有完全吹乾就塗上髮膠編好的辮子，變成了美麗的鬈髮，猶如波浪般洶湧。我就這樣帶著鮮紅色的嘴脣、狐狸般的眼睛和一頭大鬈髮，大搖大擺地通過校門，以非常神氣的姿態直接走向我的座位。

有過經驗後，我覺得在宇上小學也可以試試同一招。我認真讀了中文老師給我的教材，發現不知不覺中也能聽懂什麼是什麼了。第三次中文考試我拿到了不錯的分數，第四次就直接得了滿分，比起其他科目，中文給我的成就感最高。

因為需要零用錢，我找遍了網路，參加了每一個有獎金的比賽。只要得獎，獎狀和獎品就會送到學校。在大家竊竊私語「世界上還有這種比賽啊？」的同時，我獨占鰲頭地在大家面前領獎，收下了作為獎品的獎金和文化商品券。

阿姨深夜才從通百食堂回來，見到我到現在還沒卸妝的模樣，嚇得打了個寒顫。

「小雪，回家後要洗臉，化妝後不洗臉的話，皮膚會爛掉的！」

但直到阿姨回來，我才一副現在才想到的樣子，慢吞吞地卸妝。無論阿姨再怎麼嘮叨，反正阿姨白天在通百食堂工作，臉要洗不洗都由我決定。就算待在家裡，我也會一整天帶著妝，要是吃完晚餐後妝花掉了，我還會趁阿姨回來前再上一次妝。不知道為什麼，我就是想讓阿姨操心。

老實說，我很討厭鏡子裡自己一副很清純的模樣，也討厭自己整張臉在卸妝變得清爽後，會不自覺地想要在棉被裡滾來滾去。我所擁有的，就只有多到不行的時間，放學後，沒人干涉我的一舉一動，迎接我的是無限的自由時間，沒人干涉，也無事可做。我就像是被鏡子裡那張有著鮮紅嘴唇、眼角往上吊的臉孔追趕似的，把多到滿出來的時間用來急切地追趕同學們過去的六年，成績也開始扶搖直上。

無論是大人或孩子，都對我那反常的生活方式不知所措，因為他們第一次見到橫掃校內外比賽、成績垂直上升，卻帶著猶如吸血鬼般的妝容，肆無忌憚地吐出粗俗髒話的孩子，而且，還是個無父無母的孩子。就連時賢都不敢隨便捉弄我，因為不知道怎麼處理我，只好任我去了，這就是我想要的。

我在老師們面前不說髒話，也表現得很乖巧，所以老師都對我讚譽有加。不只中文老師，所有科目的老師都對我笑容滿面。每次班導師稱讚我時，甚至還有淚水在眼眶打轉，她認為我之所以畫大濃妝，是在公立小學學到的壞習慣。校長在學校報紙上寫了一篇〈求知若渴〉的文章，就算不必特別說明，也能馬上知道那是在說我，這等於是發揮了他們對我轉學所期待的「正面影響」。

時賢依然讓我很在意。轉學當天消失的物品，後來發現被整齊地放在空的置物櫃，有位同學出來說是他替我整理的，以一場微不足道的誤會作結，但我非常肯定這件事是時賢主導，他絕對是號危險人物。

六年二班不是以班導師、而是以時賢為中心運轉。只要時賢稍微皺個眉頭，教室的氣氛就會整個凍僵，當時賢露出燦爛的笑容，氣氛就會一下子熱絡起來。時賢為所欲為、毫不受控，情緒起伏很嚴重，但大家都會看時賢的眼色，輕易就被他的情緒同化。

置身在同學之間，時賢的個子卻高出快一顆頭，自然很顯眼，想藏也藏不住，加上他的五官立體鮮明，簡直就像化了舞臺妝一樣。我每天早上都要花半小時化妝，才能勉強營造出那種強烈氣勢，時賢的氣質卻是與生俱來的。上體育課時，時賢的身體是如此輕盈，雙腳根本像是漂浮在三十公分高的半空中。

我對時賢懷有高度戒心，也認為他是個壞孩子，但在和別班玩躲避球時卻改變了想法。和我們對打的三班有一個不容小覷的大猩猩，和大猩猩相比，時賢就像一隻白鶴般纖長優雅。和大猩猩形成對比的帥氣外表，讓我們嘗到了優越感的滋味，佇立在從體育館窗戶照射進來的陽光中的時賢，耀眼得難以直視。就連空氣中的浮塵，都彷彿是為了突顯時賢的帥氣而產生的特效。

遊戲一開始，時賢真的就像一隻鳥般飛來飛去。我還是第一次見到這麼會玩躲避球的人。時賢修長的四肢有著驚人的爆發力，我們沒有錯過時賢每一個迅速俐落的動作，忘情尖叫著，當時賢被球打中，全班同學都氣急敗壞地大叫，急得直跺腳，甚至還有人哭了。打中時賢的是大猩猩，但他有隻腳越線，踩進內場一大步，所以這一球無效。我們像一群蜜蜂般吶喊，裁判宣布時賢沒有出局的那一刻，就連時賢臉上那抹嘲弄般的特有微笑，都散發著光芒，令人神清氣爽。時賢重新走進內場時，我們一同享受著救活時賢的革命情感，時賢就等於我們，我們就等於時賢，在時賢帶來的強烈向心力之中，我們全班徹徹底底合而為一。

躲避球比賽贏了之後，我們班還餘溫不減地興奮了好久，但我比別人要更早冷卻，也為自己剛才對時賢那麼狂熱感到難為情。儘管我透過躲避球完全理解時賢占有多大的存在感，但我可沒傻到一股腦地加入崇拜時賢的行列，就算再怎麼會玩躲避球，時賢依舊是個危險的孩子。我藉由時賢的態度徹底掌握了階級結構，只有面對少數幾個從幼兒園就很熟的孩子，時賢才會成為他們正常的好朋友。雖然乍看之下，他和幾個平凡的孩子也走得很近，但瞭解後就會發現，時賢會在背後唆使、操縱他們，對比較弱勢的孩子們使壞。

進行小組活動時，時賢就像高高在上的國王，隨心所欲地替大家分配角色，好比「你負責查資料」、「你負責寫報告」、「你負責上臺報告」，負責上臺報告的允錫害怕得直發抖。

「我來上臺報告吧。」

「妳少多管閒事。」

我帶著想看時賢反應的想法介入，但他只用一句話就直接否決了我，硬要允錫上臺報告。允錫是我們班上最膽小的人，只要一緊張，講話就會不停結巴。允錫很努力想好好表現的模樣，實在可憐兮兮，但還是沒辦法好好報告。時賢很生氣地怪罪允錫毀掉了我們的小組活動，其他人也在時賢的慫恿下，模仿允錫的短舌頭來嘲笑他。

當允錫成為大家的嘲笑對象時，我就會用一種很可憐的眼神看著班導師。班導師確實是做了樣子，喊了一聲「同學們！」來制止大家，但依然是滿臉那該死的笑容。當大家欺負的行為變本加厲，就連班導師溫柔的臉上，也籠罩著該不該訓斥大家的擔憂時，時賢就會出面。他會找個藉口來到班導師身旁，接下來，只要露齒一笑就行了。

班導師會像收到告白紙條的少女般漲紅了臉，興奮得大呼小叫。搞不好班導師會在幸福筆記本上頭寫「時賢對我笑了」呢。在時賢的隱形庇護之下，即便班導師就在眼前，大家也會無所顧忌地捉弄允錫。允錫，就這樣變得更加陰鬱、意氣消沉。

他們對泰雲就更狠了。泰雲是個智能稍有不足的孩子，聽說不知道有什麼症狀，正在接受精神科治療，如果當天吃了劑量比較重的藥物，就會變得更傻裡傻氣、行為舉止更不受控。有一天，有人帶電動刮鬍刀來學校，成了導火線。那天時賢顯得格外百無聊賴，上一秒他的視線才在刮鬍刀上頭閃了一下，下一秒大家就抓住了因藥效而呈現呆滯的泰雲。剛開始只是想稍微試一下刮鬍刀，把它按在泰雲連根細毛都沒有的下巴上，但有人隨即找出了裝在刮鬍刀上頭的刀片，替泰雲整理了濃密的劉海，最後則是把眉毛和眼睫毛都刮得一乾二淨。時賢一臉心滿意足地坐在遠處，不時發出咯咯的笑聲，只消一根手指頭就可以完美操縱孩子們。看到時賢笑得這麼開心，大家就更興奮地把泰雲臉上的所有毛髮都一舉消滅了。

聽說泰雲的父母氣炸了，幾個加入惡作劇的孩子被狠狠教訓了一頓，罰寫悔過書，還聽說他們的父母補償了醫療費，但時賢並不包括在裡頭，因為他並沒有親自開口指使，或拿著刮鬍刀。只是，我們班的同學都心知肚明，這件事是因為時賢的眼神和笑容造成的。

我的功課很好，深受老師們的關注，所以脫離了被時賢欺負的範圍，但隨時都可能成為好欺負的代罪羔羊。儘管班導師依舊對我傾注了莫大的熱情，但我早就看清了，那軟綿綿的愛有多華而不實。

放學後，我就會獨自拖著沉重的步伐走回家。雖然以步行來講算是很長的距離，但我還是用走的。我經常會獨自走到郭恩泰小兒科暨青少年科診所，停在前面一會兒，呆呆地看著進出的人們。年輕的媽媽和孩子、奶奶和孩子、發燒生病的孩子，進出郭恩泰小兒科暨青少年科診所的人潮總是絡繹不絕，就連樓下的藥局都擠得水洩不通。還有許多人為了郭恩泰醫生叔叔而大老遠跑來。醫生叔叔有時會板起臉孔，有時則面露愉快，但無論何時，他都用很真誠的態度對待病人。

宇上小學的孩子只認識時賢，而我們社區的居民只認識郭恩泰醫生叔叔，同時知道兩人的就只有我，要獨自承受這個事實太困難了，因為「有其父必有其子」這個自然法則，被郭氏父子給打破了。

我三不五時就會充滿期待地想像，郭恩泰醫生叔叔太過疼愛我，結果有一天突然收我當女兒，而這樣的我，在時賢面前陷入了巨大的混亂。像郭恩泰醫生叔叔這樣的父母，怎麼會有時賢這種子女呢？醫生叔叔疼愛時賢嗎？他知道時賢平時作惡多端嗎？就算知道了，也因為是自己兒子，所以還是很疼愛他嗎？

我對郭恩泰醫生叔叔和時賢如此不同這點非常執著，他們兩人全身上下根本找不到任何一個相似之處。醫生叔叔很壯碩，時賢很修長；醫生叔叔的皮膚黝黑，時賢很白皙；醫生叔叔的心地善良，而時賢根本就是惡魔。兩人如此天差地遠，真的是父子嗎？會不會，其實時賢以前是被放在我的籃子旁邊呢？當時郭恩泰醫生叔叔來收養孩子，看著兩個孩子猶豫了很久。當時他的眼神已經幾乎完全固定在我身上了，偏偏這時育兒老師帶我去換尿布，所以醫生叔叔只好伸出雙手去抱我隔壁籃子的孩子，會不會是這樣呢？

假如可以自行選擇子女，郭恩泰醫生叔叔還會選擇時賢嗎？即便知道籃子裡的孩子長大後會變成這副模樣，也還是會選擇時賢嗎？此時的他，會不會為多年前選擇了另一個籃子而後悔呢？反正兩人沒有血緣關係，那不能趁現在重選一次嗎？假如現在要他在我和時賢之中挑選一個孩子，他會不會二話不說就選擇我呢？

儘管知道自己是在胡思亂想，但兩個並排放在一起的籃子畫面還是在我的腦海揮之不去，想久了，甚至可以清楚看到兩個籃子就在我眼前。郭恩泰醫生叔叔肯定會往我的籃子伸出雙手，優秀的父母就該培育優秀的子女，像郭恩泰醫生叔叔這樣的父親竟然有時賢這種孩子，這根本就說不過去，郭恩泰醫生叔叔充分具備了養育我這種乖小孩的資格。

當想像過了頭，有時我和時賢還會變成一對雙胞胎。雖然我一點也不想和這個長相好看的邪惡孩子有任何血緣關係，但這個故事的魅力之處，在於結尾有一個熾烈燃燒的希望。當世人發現我和時賢曾是雙胞胎，只是因為白目的幼兒老師而失散，又因為命運的捉弄而成為同班、同桌的同學，在這個故事的結尾，郭恩泰醫生叔叔肯定會接納我，而我也會成為醫生叔叔的女兒，成為性格扭曲的時賢的模範姐姐。必須如此不可，我無法想像還有別的結局。

這想像為我帶來了強烈的希望與絕望，我經常為此哭成了淚人兒。在我想像中的血緣，要比世界上的任何東西都強烈，是絕對不可能撼動的自然力量，所以當我的爸爸或媽媽在路上和我擦肩而過時，一眼就能認出我，而且會使勁抱住我，為自己過去愚蠢的選擇後悔不已。儘管會把我丟在廚餘桶裡的人做出擁抱的舉動根本就牛頭不對馬嘴，但我仍竭力拋開丟臉的感覺，至今依然沒有放棄在街上與父母相逢的希望。

然而，血緣這種玩意就是這麼難以捉摸，宛如大樹般的郭恩泰醫生叔叔，要如何在路上一眼就認出活脫脫像隻長臂猿猴般的時賢，將他一把摟住懷中呢？會不會在過去十二年間，我的父母已經和我擦肩而過不下數千次，仍作夢都沒想到我會是他們的孩子，於是經歷了無數次的離別呢？儘管夜裡從通百食堂下班回來的阿姨看到我哭花了一張臉，嚇得尖叫著跌坐在地，但我被深夜時分的各種妄想箝制住，怎樣也止不住淚水。

一想到時賢在猶如磐石般堅固的爸爸肩膀上長大，在那上頭大力搖來晃去，被摟在阿姨懷中的我，也理所當然地無法輕易停止啜泣。

4

阿寇就連高興得搖尾巴時都會看人臉色，散步也要我逼著牠，就連我超級疼愛牠時，也會露出一臉陰鬱。難道只是被遺棄一次，就要至死都像個小怨婦般生活嗎？這讓我隱約有點不爽。

牠也不會纏著我帶牠去散步，因為怕走出門後又會被遺棄，甚至得要我死拖活拉牠才肯出門。出去散步時，牠會緊緊貼著我的小腿，不管是腰或尾巴，身上一定要有個部位貼著我，牠才會安心，就連狗鍊都沒必要繫。碰到公園人多時，這傢伙還會發著抖躲到我後面，即便碰到球在空中飛來飛去或孩子在奔跑等常見景象，也讓阿寇害怕得要命。不過，牠畢竟還是一條狗，去散步時至少表情比較開朗一點。但牠好像覺得自己要是高興得太招搖，就會發生不好的事，總是一邊察顏觀色，一邊暗自竊喜。大家都說我是個小大人，阿寇則是隻煩惱很多的狗大人。

在這間美麗餐廳的綠色草坪上跑跳玩耍、一身雪白的狗狗，肯定不曾露出像阿寇那種思緒雜沓的表情吧。牠的毛有如棉絮般柔軟，一臉笑得很開心的樣子，而且認定當大家看到牠那被修剪得宛如棉花糖般的毛髮，以及如鈕扣般黑溜溜的眼睛和鼻子時，一定會忍不住直誇牠可愛。所以要是有人膽敢無視牠的美貌，連看都不看就走過去，牠就會不可置信地汪汪吼叫。得到一片在烤架上烤好的熱狗時，牠很熱烈地搖了搖尾巴。

雖然我很努力克制自己，仍免不了把那隻狗拿來和阿寇比較。如果把阿寇帶來這裡，這傢伙一定會像個笨蛋似的把尾巴捲進後腿之間，不知所措地找個陰暗的角落徘徊。要是有陌生人伸手靠近，牠就會嚇得滴滴答答地撒尿。牠一定會躲進垂掛到草坪上的白色桌巾下，直勾勾地盯著人們的腳踝，直到派對結束都不肯出來。我想，一定沒有人會喜歡阿寇。

不過，阿寇大概也不會太在意，因為牠最喜歡和我靜靜待在一起。阿寇是一隻小心謹慎的雜種狗，而我是一個遭人遺棄的窮小孩，但我們對彼此來說是非常重要且具有意義的朋友。只要幫阿寇洗完澡，讓牠硬邦邦的毛髮散發出洗髮精的清香，我就會覺得自己有了活下去的價值，變成了重要人物。阿寇用彷彿只相信我一人的哀傷眼神瞅著我，不知不覺間，我也將傷心拋到了一旁。

我試著向白色狗狗伸出手，這傢伙嗅聞了一下，興奮地用舌頭舔我的手掌。只有柔軟的舌頭觸感與阿寇一模一樣。假如阿寇沒有去鄉下，能不能和這隻狗一起在綠色草坪上跑跳玩耍呢？能不能從烤肉架上蹭得一片烤好的熱狗呢？去了鄉下的阿寇，真如阿姨所說，此時正盡情的玩耍嗎？

這是世界上最無聊的一場生日派對了。

我雖然狠下心來，幾乎不跟班上同學說話，但一被邀請參加生日派對，還是會不自覺地動搖。生日派對這種玩意，是讓人痛苦萬分卻又莫名興奮的事。雖然每次被邀請到別人家，我事後都必定會因為太過緊張而拉肚子，正如柿子濃郁的香氣會沾染在手上，家和家人才有的濃烈氣味令我恐懼，卻又期待萬分。

星期四、星期五一直是傾盆大雨，生日派對會取消的希望與不安同時籠罩著我，但一到了星期六早晨，比任何時候都燦爛的陽光探出了頭。我沒看到原本打算穿去參加生日派對的外套，為了找衣服折騰了好一陣子，最後好不容易在洗衣機的待洗衣物堆裡找到，已經縐到無法穿了。

阿姨一臉擔憂地看著我，用蚊子般的聲音問：「妳本來打算穿那件去的嗎？」

我將喉頭的某種東西吞了下去。

「我看好像應該要拿去洗了……打算先放著一起洗……」

「阿姨，這個不要洗，我回來後再自己處理。」

「怎麼辦，妳沒有衣服穿了。」

「沒關係，我穿別的就行了。」

我嘴上說著沒關係，聲音卻抖個不停。

自從轉學到宇上小學，阿姨特別勤快地清洗我的衣服，大概是擔心會有人在背後竊竊私語，說我的穿著打扮怎麼樣。但是，因為阿姨一口氣把所有衣服都丟進洗衣機，結果白色衣服逐漸染成了灰色，硬挺的布料也變得鬆鬆垮垮的，安德森太太送給我的漂亮衣服，已經變成癱軟的舊衣。最終，我沒能穿上自己想要的衣服去參加生日派對。

舉辦生日派對的地點，是要搭很久的車才會抵達的戶外餐廳。像我這樣沒人可以帶我去的孩子們，就在學校前面集合，搭乘小巴過來。修剪整齊的寬敞草坪散發出微酸的水果香氣，依一定間隔設置的噴水器，以旋轉的方式噴水，而在水珠與陽光交接之處形成了一道小小的彩虹。全身溼透的孩子們開心地大叫著，在水珠之間穿梭來去，父母則露出欣慰的表情看著他們。

在偌大庭院另一頭的涼棚底下，香噴噴的烤肉正逐漸熟透，發出滋滋的聲響。在威力減弱的暮夏熱氣中，厚重的白色涼棚形成了一個又濃又深的暗影，蔭涼處的長桌上，擺滿了五顏六色的杯子蛋糕、水果和飲料，受邀前來的媽媽們全都戴上了墨鏡，正好整以暇地喝著飲料。負責烤肉的人也都圍上了一塵不染的白色圍裙。我不禁想起住在沙漠裡穿著白衣的人們。綠洲，是不是就像這種地方呢？

在溫谷小學時，有時也會被邀請去生日派對玩，有在社區體育館舉辦的，也有在公園舉辦的。當時，媽媽們也會全部聚集在某個地方坐著，邊喝飲料邊閒話家常，而我總是要很努力讓自己不要朝那邊看。碰到那種日子，一直占據我內心角落的烏雲會直接覆蓋整片天空。

非常偶爾的時候，阿姨也會加入媽媽們的行列。通常是學校舉辦運動會或二手市集時，阿姨會過來賣點東西、炸炸煎餅，或夾在媽媽群裡喝飲料。碰到這種時候，雖然我的心情很複雜，但感覺還是很棒。儘管在一群皮膚光滑澎潤的年輕媽媽之間，一眼就可以看到年紀大又寒酸的阿姨，但阿姨為了我來到這裡的事實仍使我心跳加速、興奮不已。

但是，假如阿姨的身影在這烤肉的遮陽棚下呢？

那個畫面，光用想的都覺得傻眼。雖然遮陽棚下有身形圓胖的，也有身材苗條的，有年輕的媽媽，也有年紀看起來很大的媽媽，但她們都能用一個名詞來形容，那就是「貴婦」。我在宇上小學徹底學到這個名詞指的是哪些人，是轉學第一天就給我下馬威，身上隱約圍繞著光環的人。就算將世界上所有的善意都聚集起來，也不能讓阿姨坐在那張桌前，阿姨就連當端烤肉的服務生都不夠格。在這裡，就算是在廚房負責清廚餘的人，看起來都很年輕時髦。

就連在綠色草坪上跑跳的狗狗要和我玩耍，都顯得太過高貴，似乎只要我伸手摸牠，就會把漂亮蓬鬆的白毛給弄亂。我咬著嘴唇，把目光隨意投向某個地方，看到草坪另一頭有一條蜿蜒僻靜的小路。我悄悄藏進樹蔭之中，心想應該會出現擋住去路的圍牆，沿路走了很久，最後在看到標示通往國家公園登山步道的小小木牌後，停下了腳步。

怎麼會突然從舉辦生日派對的餐廳來到了國家公園？這沒頭沒腦的情境轉換，儼然和我從草葉育幼院經過安德森家庭，最後來到宇上小學的詭異路徑如出一轍。如果沿著這條路一直走下去，會不會遇到熊或對兒童有奇怪舉動的怪叔叔？通往國家公園的路的盡頭，彷彿外星球或無眼生物居住的深海，又或者像我媽媽一樣，都是屬於想像無法觸及的世界。

我掉頭往餐廳的方向返回，走到中間路段時，發現濃密樹蔭底下有一小片放了長椅的幽靜空地，於是決定在附近溜達、打發時間。我眺望著遠處餐廳的中庭，因為看不到臉，所以分不清誰是誰。孩子們不停跑到媽媽面前，簡短講了些什麼，接著交換瑣碎的物品後又跑走了。我把他們想成會移動的珠子，而媽媽聚集的遮陽棚，就像是滾動的珠子不時進來補充能量的充電站。我完全想像不出自己的媽媽坐在那片納涼處，而我很放鬆地在生日派對跑跳玩耍的心情。

突然有一顆黃色網球咚咚滾到我腳下，我才剛把球撿起來，就看到時賢冒了出來。時賢撿起分岔的樹枝當成球棒，一邊揮舞一邊走著，看到我後便停下腳步。偏偏被時賢發現我一個人躲在這，差點沒把我給嚇暈，但我強自鎮定地把網球遞給他。原來跑來這裡耍自閉的不只我一個。

時賢接過網球後，也沒有馬上離開，只是朝我坐的長椅和包圍我們的幽靜樹林東張西望，臉上沒有平時掛在嘴角上的嘲弄笑容。這裡距離派對場地很遠，絕對不是什麼玩球時會偶然跑來的地方，而是適合想找個角落躲起來的時候。儘管如此，我們並沒有因為心情相似就產生惺惺相惜之感，我們不僅妨礙了彼此，也討厭被對方發現自己的落寞。

時賢似乎覺得被我先霸占了這個完美藏身處很可惜，他掃視了一圈，接著打算離開，但又突然轉身朝我走過來。時賢手上拿的長樹枝突然變得很嚇人。我嚇了一大跳，以為他想用樹枝打我或刺我，但樹枝只是輕輕地揚起一陣風，在我頭上稍微劃過而已。時賢冷不防地將樹枝伸到我僵掉的臉前面，有一隻原本打算在我頭上著陸的黃色大蜘蛛，正迷迷糊糊地蜷縮在樹枝上。

我的驚慌程度也不亞於那隻大蜘蛛，大腦可能被嚇到中止了功能，沒有半點想法，直到時賢一言不發地不知跑去哪裡後，我才想到自己是不是應該跟他說聲謝謝。因為誰也沒有向對方說話，所以樹林裡一片靜寂。要不是大蜘蛛還在地面滾動的樹枝上頭一動也不動，我搞不好會以為剛才發生的事是我在幻想，因為對我來說，幻想反而經常比現實生活更生動鮮明。

看起來距離很遙遠的綠色草坪鬧哄哄的，放著雙層生日蛋糕的推車登場後，媽媽紛紛呼喚孩子們。但時賢沒有回來，難道他走進了通往國家公園的山路嗎？我忍不住一直張望時賢身影消失的蜿蜒小徑，思緒變得混亂，也不由得焦躁起來。我走出樹林，朝派對場地走回去。很晚才抵達的康樂活動主持人一口氣灌下了涼爽的飲料，便開始進行遊戲節目。直到唱完生日快樂歌，開始切巨無霸生日蛋糕時，時賢都沒有現身。

總覺得時賢不見與我有關，讓我渾身不對勁，我應該把時賢不見的事說出來嗎？但又擔心會莫名被大家嘲笑我喜歡時賢，因此遲遲拿不定主意。明明消失不見的是時賢，迷失方向的卻是我。

我收回在小狗和生日蛋糕來回的視線，無可奈何地轉過身，卻突然感覺大家的目光都默默集中在我身上。媽媽們側眼看著我，低聲互咬耳朵，等到我看向她們時，才連忙停止說話。這種感覺就像有某種噁心的手指劃過我的身體一樣。

一位媽媽露出笑容，向我搭話：「妳就是小雪啊？」

「是的。」

「妝畫得很漂亮呢。」

「對，我有化妝，怎麼了嗎？」

媽媽們面露驚慌，互相用手肘戳彼此的腰際。幸虧這時，有人趕緊轉移了話題。

「我說最近的孩子啊，就只會不停低頭滑手機。」

「所以我把它搶過來了。既然都出門了，就要和朋友們一起玩啊，怎麼可以一直盯著手機呢？」

「還是兒子比較單純，女兒刁鑽得很，要是硬搶，反而鬧得更兇。」

「哪裡單純了？看他嘴巴都翹到天邊了，意思就是不爽了嘛。」

幾個媽媽紛紛拿出從自家孩子手中搶來的手機，我從裡面認出一個裝漫威角色手機殼的，是屬於時賢的。我看著握著時賢手機的那隻手，視線從指甲修剪得很整齊的纖長手指、鑲有花瓣形寶石的手鍊，經過細長優雅的前臂，然後是插著墨鏡的頭髮，最後與有著一雙細長眼睛的瓜子臉對上眼神時，我趕緊慌張地別過眼神。

那是一張美麗動人的臉龐。

一看到身為時賢媽媽、郭恩泰醫生叔叔的太太的那個人，心臟便撲通撲通狂跳，我完全沒料到時賢的媽媽也會在這。雖然郭恩泰醫生叔叔的書桌上也有太太的照片，但不知道為什麼，她的臉孔並沒有確實儲存在我的記憶中。「媽媽」，一直是我難以消化的存在。我張望了一下，心想該不會郭恩泰醫生叔叔也在這裡，但並沒有看到他的身影。星期六下午，是郭恩泰小兒科暨青少年科診所最繁忙的時段。

「向量啊，過來這裡。」

在草坪上蹦蹦跳跳的小白狗踩著小碎步跑過來，靈巧地爬到美麗的主人膝上坐好。這隻狗居然叫作「向量」？如果是隻腿長、眼神銳利的警犬也就算了，但對於彷彿把長長的氣球吹得圓鼓鼓的捲毛小狗來說，這個名字實在是不怎麼搭。

「時賢已經學到向量了啊？」

「沒有、沒有，是時賢答應我，如果買小狗給他，就會認真念書，我這是提醒他不要忘記約定。」

媽媽們哄堂大笑。

「真是一個好主意耶。」

「時賢媽媽要比外表看起來有魄力多了。」

「這根本是契約書啊，活生生的契約書。」

時賢媽媽臉上浮現一抹猶如春日陽光般的微笑，那是我至今看過最美麗的臉，宛如阿拉伯人的衣角般的白色帳幕垂掛在她的頭上，後方有下雨過後清香更顯濃郁的綠意樹林。小白狗坐在美麗夫人的膝蓋上輕搖尾巴，我覺得此時眼前看到的風景不是現實，而是美術館中的某幅畫。

「時賢跑去哪了？從剛才就一直沒看到人耶。」

「這下糟糕了，現在到了青春期，因為我不給他手機，他就鬧脾氣……」

時賢媽媽焦躁地咬著嘴唇。媽媽們對這萬惡的青春期的聲討頓時傾巢而出，其中以時賢媽媽看起來最為氣憤。但時賢的手機握在媽媽手中，所以完全沒辦法和時賢取得聯繫。

「真不曉得該怎麼養這孩子，性子倔得很，怎樣也不肯聽話。」

「妳擔心什麼呀，時賢長得那麼帥氣。」

「時賢這麼優秀，時賢媽媽，妳可真有福氣。」

「說真的，妳要不要培養時賢去當偶像明星？」

「哎呀，妳們在說什麼，就是因為大家這樣，他才會以為自己成了什麼大人物，當什麼偶像明星嘛。」

「真的啦，就是把電視節目都看遍了，也找不到能媲美時賢的人。」

「孩子的爸每天都擔心得要命，因為時賢根本不把讀書放在眼裡。」

時賢媽媽真的好美，是參加生日派對的貴婦中最耀眼的，噘起嘴脣的模樣和時賢很神似。也就是說，郭恩泰醫生叔叔和世界上最美麗的女人結婚，生下了時賢。身形如大熊、神情愉快的郭恩泰醫生叔叔，與漫畫女主角般美麗的時賢媽媽，還有外貌如偶像明星的時賢。

在我斜眼偷瞄的照片中，時賢絕對是個幸福的孩子，是用羨慕兩個字都無法比擬的。即便在我不知道時賢媽媽是這種大美人的時候也是，他所擁有的一切全都超乎我的想像。可是，如此出奇不意地在同一個班級遇到後，我發現自己的心情並不像看到照片時那樣，全然只有欣羨之情。

我別無選擇，只能在有些雜亂的環境中成長，經歷他人所不知的無數傷痛。有時，甚至痛到彷彿身上的皮肉被硬生生撕扯了下來。許多和我處境差不多的孩子，覺得忍受那些疼痛太過痛苦，選擇了自我麻痺，好像動物漫不經心地舔舐穿透皮膚的斷骨般，告訴自己，這點疼痛根本不算什麼。

但不知道什麼原因，我選擇了變得更細膩敏感。我就像世界上最膽小的動物般，就連別人完全沒有察覺的微風吹來時，都會豎起全身的神經。也許是因為我想要最早偵測到疼痛與悲傷，然後想盡辦法避開它們吧。無論能不能成功，那都是我的願望。從我的皮膚上冒出了無數的隱形天線，偵測並提防著存在於世界上的所有傷痛。我對於自己的天線意外地轉向時賢的家人感到訝異，而這種預感向來不會出錯。

我夢想中的家人就是這樣。像時賢一樣備受寵愛的獨生子，一邊吃著晚餐，一邊嘰嘰喳喳地把當天發生的事情告訴爸媽。「爸爸，今天我們班來了一個轉學生，聽說她沒有父母耶。她後來和我坐同桌。」

時賢的媽媽則是一面將菜餚放在時賢的湯匙上，一面回想，「啊，那個孩子，我也在教務室看到了，聽說她的夢想是當偵探，真是個無厘頭的孩子啊。」

這時，像郭恩泰醫生叔叔一樣慈祥的爸爸就會說：「是喔？要是你能跟她當好朋友就好了。我們診所也有一個住在育幼院的孩子，她叫作尹雪……」

「咦？尹雪？我說的那個同學就是尹雪耶。」

不知怎麼搞的，時賢和郭恩泰醫生叔叔並沒有在晚餐的餐桌上出現這種對話。轉學後，我也去過診所好幾次，但醫生叔叔完全不知道我轉到宇上小學，還變成時賢的同桌，就連時賢會欺負我和其他孩子的事似乎也毫不知情。而這些媽媽們也對時賢和他的所作所為毫無戒備，就好像無人知道被時賢欺負的尹雪、泰雲和其他孩子般，大家一片和樂融融。

在樹林裡看到的時賢，將我推向龐大的混亂漩渦裡。獨自一人的時賢和在人群中時很不一樣。我在關係生疏的孩子們、消失不見的時賢與令人恐懼的媽媽們之間迷失了路，於是一直躲進廁所。我在廁所花很長的時間洗手，這時，時賢媽媽悄悄進來。微笑，一抹令人心跳不已的美麗微笑，在她臉上綻放開來。

「小雪，妳怎麼這麼聰明呀？連班導師也經常稱讚妳呢。」

我望著自己映照在鏡子中的臉，突然好想放聲大哭。我有多喜歡郭恩泰醫生叔叔，就有多想在他的太太面前好好表現。但是，鏡子裡有一個看起來超沒家教的丫頭，正擺出不良少女的表情在洗手。大人並不喜歡我這種會化妝的女孩。為了不在與孩子們暗自較勁中輸掉，我需要這種程度的變裝術，尤其「媽媽」這類人總是讓我不自在，所以此刻我的臉可說是充滿了不爽與兇狠。就連我的內心也不喜歡這張臉、這副表情，無論如何都不想讓郭恩泰醫生叔叔的太太看到我這張臉。

「時賢他……去了那邊的樹林。」

「是嗎？原來如此，這孩子一鬧彆扭就這樣。」

一提起時賢，時賢媽媽臉頰又變得氣鼓鼓的。這一點，又和我的想像有所不同了。我一直天馬行空地想像，當媽媽們在想到子女時，整張臉都會燃起愛的熊熊烈火。

「妳上哪一間補習班？」

「我沒上補習班。」

「妳沒上補習班？一科都沒上？英文和數學都沒有？」

「都沒有。」

上溫谷小學時曾經發生這種事。有個媽媽問我：「小雪，妳上哪間補習班？」我回答我沒有上補習班，結果這位媽媽說：「我們家勇俊也沒有上補習班，除了英數。」就我所知，那個同學甚至還有學鋼琴和跆拳道，但他媽媽以百分百的真心強調自己的孩子沒有上補習班。這件事我一直無法忘記，而時賢媽媽也是擁有相似語法的人。她們依照自己的協議，把補習班圖表的原點偷偷移到了（2，2）附近，而不是（0，0），試圖想要混淆自己的位置在哪。

「那妳放學後都做什麼？」

「回家。」

時賢媽媽問了我再自然不過的事，而她也露出越來越不可置信的表情。

「可是，班導師說妳還會解奧林匹克的試題……」

我這才領悟過來，時賢媽媽模糊的語尾中壓縮了一句話——「真的連數學都沒有補習嗎？」

我好像變成比現在更怪異的人了，我也已經厭倦了說自己沒有上補習班。說實在的，我連自己什麼做得好都不太清楚。班導師偶爾會出一些不同的數學題給我們，說是「自由課題」，難度很高，所以想做的人再做就行了。我雖然沒有上補習班，但由於我認為學校老師的吩咐就要照做，所以放學後在家無所事事、滾來滾去時就順便看了一下題目。我花了三天時間，時不時就思考一下，等到莫名想出解法時，吃晚餐時心情好得不得了，連嘴角都不自覺往上揚，恨不得立刻踩著黑漆漆的夜路去上學，向老師和同學們炫耀一番，但這件事，與補習班一點關係都沒有。

補完妝後，時賢媽媽沒有離開廁所，依然站在原地，洗完手的我也扭扭捏捏地杵在那裡。時賢的家人對我來說是個莫大的誘惑，就算我戴上假面具，也難以冷漠地將他們拋到腦後。儘管對時賢抱有無法跨越的恐懼，但我就是無法遠離他們。

「小雪，這是阿姨的想法……不知道妳……想不想和我們家時賢一起讀書？」

咚咚，我的心臟跳得更劇烈了。雖然不知道和「時賢一起讀書」指的是什麼，但總之我能因此更靠近郭恩泰醫生叔叔一步。強烈的恐懼和誘惑同時襲來，我不曉得自己應該露出什麼表情。

廁所的門打開了，柱煥媽媽走進來。時賢的媽媽隨即板起臉，緊閉雙脣，匆忙整理好化妝包就出去了，一副不能讓人發現和我交談的樣子。真討厭偏偏在這時候走進來的人。雖然不太懂時賢媽媽的話是什麼意思，也不知道她要我怎麼做，但我分明聽到了「一起」兩個字。我不想讓這麼重要的事情被打斷。

「同學，聽說妳都沒有上補習班？那妳的功課怎麼這麼好？」

柱煥媽媽拿著粉撲輕輕拍打臉頰，對我說了相同的話。

明明沒有半個要好的朋友，卻被邀請來參加這場生日派對，還有媽媽們對我有這麼大的興趣，全都和我的成績有關。因為沒有父母而無視我的那些人，在看到我的成績後，突然對我產生了興趣，甚至因為沒有父母而更加讚嘆連連。這就是我的生存方式。儘管用這個方法的效果還不錯，但我並不開心。我討厭被人瞧不起，但集眾人視線於一身也同樣讓我極度不自在與痛苦，我不曉得該用什麼態度面對大家的目光。

最近我的情緒起伏很嚴重，連自己都招架不住。兩個媽媽說的是相同的話，但在時賢媽媽面前，我很卑微地想要討好她，在柱煥媽媽面前卻恰恰相反，怒氣直衝上頭頂。先前她還大肆抗議，說我轉到宇上小學會拉低學校水準，看來現在不這麼認為囉？柱煥上了各式各樣的補習班，課業還是不見起色，大概讓她很傷心吧。我很艱難地才忍住沒有朝她大吼。

此刻，上妝的臉蛋才和我的表情吻合了。我像是聽到了什麼不該聽到的話，殺氣騰騰地撇嘴，像時賢一樣不屑的輕哼冷笑。柱煥媽媽直喊著「哎喲、哎喲」，整張臉都漲紅了。

「誰知道呢？可能我媽媽是天才吧。」

我嗆出這一句，就走出廁所，要是誰看到我，八成會以為我的屁股後頭裝了什麼蒸汽機。

草坪的康樂活動進入高潮，小白狗向量汪汪叫著，和孩子們四處奔跑，沾染水氣的綠色草坪散發出更加濃郁的青草香。太陽彷彿有意無限延長晚夏的週六午後時光般，在頭頂上火熱炙烤著。一股恐懼將我包圍，彷彿我會永遠被囚禁在這裡，當個孤立的人四處飄蕩。

我盯著停在餐廳籬笆外停車場的某路線公車。雖然這輛公車看起來很陌生，但車身標示的行經路線有地鐵站名。我呆呆地看著幾輛公車經過後，心想反正不管哪一站，只要搭上地鐵就可以轉來轉去，回到溫谷洞的家。我不必等餐廳小巴帶我回學校，自己直接回家就行了。我怎麼沒早點想到？一發現這個事實，我隨即衝動地跑了出去，不假思索的搭上公車。等到公車離餐廳越來越遠，一種難以承受的搔癢快感從肚子某處擴散開來，可是我卻哭了，就連我自己都無法理解，為什麼要用這種方式哭著離開。

回家的路並沒有想像中簡單。太多情緒糾結在一塊，導致我很容易就迷失方向。我錯過了應該下車的公車站，結果必須往回走一個站的距離，兩次轉乘地鐵時也不停打轉。仔細數了一下，我今天經過的地鐵站就有三十七個。當我從地鐵站走到地面上時，原本以為會一直熊熊燃燒的太陽，也在不知不覺中失去了威力，帶著微弱的光芒慢慢西沉。

回到家後，阿姨果然如我預想的不在家，而我早上要求阿姨別洗的外套，則被洗衣機毫不留情地折磨後，以寒酸的姿態掛在晾衣架上。我試著把皺巴巴的外套撫平，線條完全沒有要恢復原狀的意思。這件外套很輕薄舒適，我喜歡它像校服一樣有熨得平整的線條，所以碰到重要的日子，必定會穿上它。儘管我努力告訴自己，反正以後再也不會去參加什麼生日派對了，但還是很傷心。我最喜歡的衣服已經面目全非了。

這真是令人難過的一天。珍貴的東西總是來得如此費力，卻又這麼輕易離我而去。我覺得自己好像又要落淚了，於是趕緊大聲唱起歌，在家中繞來繞去。假如真如院長的殷殷期盼，我被安德森家族收養，要穿這種衣服想必是不費吹灰之力吧。我就是個做什麼都不順遂的孩子。先是被跟詐欺犯沒兩樣的人收養，然後被棄養，就算被好人家收養，也會因為各種問題又回到原點。總之，我的人生應該是走向了完蛋的那一邊。

基於不明原因，我很會讀書，雖然想不起來剛開始是怎麼樣，但只要被稱讚一次聰明，就會立刻發覺這是句很甜蜜的話。接下來，自己就會像花朵隨著陽光轉向般，一點一滴、不著痕跡的面向那側，直到現在，我成了別人口中「超會讀書的孩子」。

為什麼沒有上補習班，我的功課還這麼好呢？

來到宇上小學後，三不五時就會被問到這個問題，簡直快把我逼瘋，因為這個問題讓我無可避免地想起我的父母。光是想到他們是很會讀書、頭腦聰明的人，就讓我覺得抓狂。那麼聰明的人，為什麼會把孩子放在垃圾桶呢？一想到他們是我的父母，我就覺得自己應該是世界上獨一無二的大笨蛋，是人渣垃圾才對。我擔心，假如我沒有活得像個徹底的垃圾，他們就會變成有一點不錯的人。但我並不想活得像垃圾，一直以來，我都被別人稱讚聰明，也因為好成績而備受欣羨，我不想拋下一切，過回當垃圾的生活。

我經常告訴自己，有阿姨和院長這麼愛我、相信我的人，我要把親生父母徹底忘掉，好好生活，但當不知下落的他們老是闖進我的人生時，我就會感到難以承受，好像到死都無法擺脫他們的幽靈。今天看到太多打扮得漂漂亮亮、悉心照顧自家孩子的媽媽們，我的內心又扭曲起來。如果可以，那些媽媽早就把我擁有的好東西全都奪去，放在自己孩子手上了，只是她們無法奪走我的成績，讓自己的孩子握在手上罷了。當我因這種妄想而倍感煎熬時，就會像要把嗓子唱破般大聲唱歌。血脈賁張、聲嘶力竭地吼叫，心情就會稍微舒緩下來。

門鈴響起，緊接著是敲門聲。我以為是我唱得太忘我，隔壁鄰居跑來抗議，趕緊停止唱歌，躲進房間。我以為只要保持安靜，對方就會摸摸鼻子離開，沒想到門外的人開始喊起我的名字。

「小雪，尹雪！」

我認出那是班導師的聲音，腦袋一片空白，班導師為什麼要來我們家？我把頭塞進棉被裡，完全不敢吭聲，也不敢亂動，但班導師依然不肯放棄。

「小雪，妳開門！老師都聽到妳唱歌的聲音了！」

最後，我打開了門。總之，我一定做錯了什麼事。

一打開門，就看到班導師莫名其妙地淚眼汪汪，接著一如往常、很激動地一把摟住我。

「小雪！知道老師有多擔心妳嗎？」

「為什麼？」

「因為生日派對進行到一半，妳突然不見了！」

班導師理所當然地把我在生日派對一言不發地消失，當成必須親自找上門的大事，抱著我大哭了一場，接著走進我們家。雖然很不想讓她進來，但也沒辦法阻止她。會來拜訪我們家的，除了每個月上門的社工，就沒有其他人了。我上溫谷小學時，有人知道阿姨家是在社會住宅後，說了些不好聽的話。那是我第一次知道，阿姨和我住的這個家，原來是會引來嘲笑的事。溫谷小學明明就有很多像我一樣住在幸福大廈裡的孩子，卻還是這樣，就更別提宇上小學了，一定沒有半個人住社會住宅吧，搞不好我還是創校以來第一個。

果不其然，班導師掃視我們家一圈後，眼神微微顫動。我的頭垂得很低，班導師並沒有瞧不起我的貧窮，反倒覺得我很可憐，更努力想要對我特別好，但我真的超級討厭這樣。我討厭班導師的親切，也討厭她滿臉笑容，但要是有人問我原因，我也說不上來，自從轉學到這所學校，喜歡或討厭什麼，全都混在了一起。

我好不容易才將厭惡的表情藏起一半，拿出涼爽的青梅汁招待班導師。青梅汁是阿姨親自在通百食堂用梅子釀的，滋味好得不得了。

「小雪，妳之前和時賢在一起嗎？」

「時賢？」

「嗯，想說是不是和妳一起離開了生日派對。」

「沒有啊。」

我想起時賢轉身面向樹林的模樣，他是走向通往國家公園的那條路後才消失不見的，那麼，此時郭恩泰醫生叔叔在四處尋找時賢嗎？

「那妳為什麼突然離開？生日派對上發生了什麼讓妳傷心的事嗎？」

班導師猛然握住我的手，我連忙將手抽離，除了阿姨，我非常痛恨別人碰觸我的身體。

「恩秀說不知道妳為什麼突然走掉，妳怎麼一句話都不說，人就不見了呢？」

「老師是為了這件事來的嗎？」

今天真是徹徹底底的糟透了。早上雖然滿緊張的，但也不能說沒有半點期待。我好不容易才讓自己產生期待，告訴自己說不定生日派對會很好玩，之前有幾次就是這樣。上溫谷小學時，我被邀請參加生日派對，受邀的人包含我在內只有三個，生日餐簡單得令人吃驚，就只有炒雜菜和炸魷魚。那個同學說，自己最喜歡炒雜菜和炸魷魚。兩道菜分別裝了滿滿一大盆，分量多到班上所有同學都來吃也吃不完。剛開始我們乖乖坐在飯桌前吃飯，到最後變成人手一條炸魷魚，一邊大口大口地咀嚼，一邊跑來跑去。我本來不怎麼喜歡炸魷魚，從那天後就喜歡上了。那一整天，我就在吃炸魷魚、吃炒雜菜和玩耍之中度過。

在那個家裡頭，我很難得地感到自在，不管我們做什麼，同學的媽媽一率都ＯＫ，甚至沒有問我是誰，只有在我們做椪糖，將砂糖倒進湯勺時，要我們小心，並在瓦斯爐旁協助我們而已。就連很容易緊張、無法卸下心防的我，後來都很放心地玩著遊戲、大吼大叫。我第一次知道，原來世界上還有這麼有趣的生日派對。在那之後，只要被邀請參加生日派對，我就會懷抱著小小的期待，想說搞不好會像那天一樣開心。但在天色已經暗下來的現在，只覺得今天一整天尤其糟透了。也許，再也不會有那麼歡樂的生日派對了。

「我們小雪……知道老師認為小雪，有多特別嗎？」

「……知道。」

「生日派對上發生了什麼事？同學們做了什麼讓小雪傷心的事嗎？妳跟老師說，全都告訴老師沒關係。」

明明時賢用腳踹我的椅子時，班導師都已經走進教室了，卻什麼都沒發現，但她永遠都不會漏掉「只要碰到困難就告訴老師」這句話。就算我把覺得自己今天就像影子一樣毫無存在感、那些媽媽很可怕、很討厭她們這些事說出來，班導師也一樣什麼都聽不懂。她一定會說，孩子們都很善良，媽媽們也都是因為肯定妳才這樣，彷彿成了她們的收費代言人似的，為此熱烈辯論一番。最終，是因為我的內心很扭曲，才沒辦法接受她們的善良心意，一切都是我的誤解、我的錯覺。我已經厭倦了這些話，既然已經確認我平安無事，我只希望班導師可以趕快回去。

但事情並沒有如我所願。明明是週六晚上八點，通百食堂的晚餐生意肯定還沒結束，阿姨卻一聲不響地跑回家了。看到我和班導師在一起，阿姨露出彷彿天塌下來後又復原的樣子。

「小雪！哎喲，我的老天爺，我還以為我們家小雪怎麼了……」

見我沒什麼反應，正自討沒趣的班導師彷彿遇見同伴似的興致高昂。

「就是說啊！我也以為小雪發生了什麼事，才飛也似的跑來！看到我們小雪好端端地在家，我不知道有多高興……」

「小雪，妳為什麼這樣！知道阿姨受到多大驚嚇嗎？」

我覺得自己真的超無辜，但也只是暗自偷想。阿姨工作時，隨心所欲地晃來晃去就是我的生活日常。我本來就是反覆無常的人，也沒有帶過手機，阿姨從來不曾因為一時聯繫不上我就這麼驚慌。也就是說，嚇到阿姨的人不是我，而是班導師，但我只能啞巴吃黃蓮，獨自將這個苦衷吞下去，向阿姨道歉說我做錯了。

「您還特地找來家裡……這下怎麼辦？也沒東西可以招待您……老師，謝謝您，您大老遠跑來，好歹吃個飯再走吧。雖然沒什麼菜色，但至少吃一點……」

電鍋內有熱騰騰的米飯，冰箱也一直都有通百食堂引以為傲的辣炒豬肉和蔥泡菜。班導師心中肯定打的就是這個如意算盤。

「您這麼辛苦，還讓您張羅晚餐……」班導師說這話時，臉上難掩喜悅之情。

我們三人就挨在一張小小的飯桌旁，配著一道滿滿的辣炒豬肉吃晚餐。

「小雪，妳跟老師說，妳怎麼一句話都沒跟同學說，就自己離開生日派對呢？」

「因為都六年級了，大家都很熟了，只有我是第一次來……感覺自己孤零零的一個人。」

「老師，我們家小雪在學校和同學相處得不好嗎？」

說時遲那時快，班導師放下湯匙，猛然握住我的雙手。老師碰到什麼感動的事，就會不分時候握住我的雙手。這個動作已經成習慣、不止發生一、兩次了。老師總是在我飯吃到一半、抄筆記到一半時，突然搶走我的雙手，讓我感到很無言。

「怎麼會相處得不好呢？我們小雪是什麼樣的孩子，阿姨您不是最清楚嗎？我們小雪……是個奇蹟般的孩子啊，她第一次來到我們班上時……我馬上就想起來了，她是那個在寒冷可怕的地方被人發現、宛如天使般的寶寶。」

聽到班導師口中說出那件事，阿姨頓時驚慌不已。因為擔心廚餘桶或水果籃這些刺激的話題會對我造成衝擊，所以院長要求不能在我面前提起。但儘管耗費這麼多心思，大家還是會對我的事竊竊私語，就算再怎麼壓低音量，那些話也會莫名傳到我耳中，而每聽到一次，就會對我造成一次傷害。

「我無法忘記小雪年幼時的模樣，包括育幼院院長說，在下雪的新年當天發現嬰兒，所以將她取名為小雪……看到那個節目時，我不知道哭得有多慘……」

節目?!

過去，我的出生就像一團迷霧，此時就像有塊拼圖發出「喀噠」一聲，不偏不倚地卡進了缺口。我一直很納悶，就算草葉育幼院的志工很多，但也太多人知道我的事了，原來我的運氣這麼背，竟然還以那副狼狽樣上了電視。為了隱瞞我這個祕密，過去阿姨和院長竭盡一切努力，就這樣藏了十二年，可以說是非常成功了，但今天班導師幾句話就瞬間打破了祕密。就算不看阿姨的臉，也能猜到她的臉現在有多慘白。

「當時我還是個大學生，看到節目後，就決心要成為老師，幫助處境艱難的孩子，可是啊，小雪，沒想到妳真的來到了我們班。小雪！這不就是一個奇蹟嗎？」

我對班導師的痛恨再次沸騰。儘管今天一整天搞得一場糊塗，腦袋一團亂，但有一點我很確定，宇上小學絕對不是遇見像我這種小孩的好地方。下定決定要當老師，卻在那種學校任職，她到底是想在那裡幫助誰？我和泰雲就在眼前變得支離破碎，也不知道她在高興什麼，自始至終都滿臉笑容。說真的，我完全搞不懂這個人。

「我一直很想見見阿姨您，和您打聲招呼，謝謝您將小雪培養得這麼優秀，阿姨您真是個了不起的人。」

「啊……我沒做什……」

「我想拜託阿姨您，幫助我們小雪，讓她與生俱來的才能都能開花結果。我雖從事教職多年，但像我們小雪一樣傑出的孩子真的很少見。」

「我們小雪……有這麼厲害嗎？」

「那當然了！宇上小學和其他學校不同，都是很早就接受外語、寫作、理化、進階思考力等各式教育的孩子，但小雪不靠補習班或家教輔助，表現卻比那些孩子出色，這件事已經在家長間傳開了，說我們小雪是天才。」

班導師興高采烈，彷彿在對我傳達天底下最棒的消息，我的心卻冷不防漏了一拍。我並不是天才，也不曾假裝自己是天才，是這些人擅自誤解我，還對阿姨傳達錯誤的訊息。

「老師，我該怎麼做呢？」

「請您助我們小雪一臂之力，讓她能展翅高飛！」

「要怎麼做才能讓小雪這樣的孩子……我沒有學過，什麼都不懂……」阿姨垂下肩膀，好像自己犯了滔天大錯。「我這樣帶著小雪，實在很對不起她，我們小雪應該在好人家成長才對……本來院長只是要我暫時帶著小雪，但事情老是糾結在一塊……」

「您是從什麼時候開始撫養小雪的呢？」

「我是在小雪一年級時帶她回家的，從第二個收養家庭回來後，小雪出現了不說話的症狀，說是緘默症……本來講話頭頭是道的孩子，變得什麼話都不說，也面無表情，那時偏偏院長生病，離開了育幼院，所以我就鼓起勇氣告訴院長，說我要撫養小雪。」

「原來是這樣啊……」

我的童年記憶非常非常模糊，包括草葉育幼院、在那裡的院長和阿姨，以及收養我的家庭幾乎都想不起來。我的記憶開始變得清楚，是從和阿姨同住開始。第一個記憶的場景發生在大半夜，我沒來由的從夢中醒來，路燈的燈光從窗戶透進來，映照在阿姨熟睡的臉龐上。我從上方俯視阿姨的臉，突然嚎啕大哭。阿姨驚醒過來，手忙腳亂地抱著我，連聲問我怎麼了，當時我雖然沒說，其實是因為我覺得阿姨臉色鐵青的樣子很恐怖。要是人的臉色每天晚上都會變成青色，會不會哪一天阿姨就突然死在我面前？這讓我感到很懼怕。

「要是院長身體健康，小雪就不用吃這麼多苦，假如當時院長沒生病，就不會把小雪交給我了。為了送小雪到好人家，培養成最頂尖的人才，院長可以說是不遺餘力。」

「因為出現在新年特輯節目，小雪一定備受矚目吧？也有許多人受到衝擊……院長也必定認為自己身負重任。」

我的臉又開始發燙。就算聽再多遍，還是無法習慣聽到自己全身上下沾滿穢物、出現在草葉育幼院的事，而這個場面還鬧上了電視，簡直是天底下最糟的事了。平凡，向來是我最難達成的價值，別說是找個平凡家庭了，就連其他遭遺棄的孩童安靜進入育幼院的那種平凡，我都無法擁有。本來以為隨著時間流逝，記得這件事的人也會越來越少，是唯一值得慶幸的事，但遇見班導師後，就連被世人遺忘的安心感都被掠奪了。

「阿姨，我有話對您說……」

班導師開了話頭，卻突然不說話了。阿姨要我吃飽就趕快進房間。

「阿姨，我可以看電視嗎？回房間也沒事做。」

我問的是阿姨，回答的人卻是班導師。

「小雪，妳別看電視，怎麼不看書呢？」

「我沒有書，全部還給圖書館了。」

聽到我講話有些沒大沒小，阿姨一時慌了手腳，結結巴巴地辯解：「我應該多買點書給她的……小雪老是說只要在圖書館看就行了……是我沒有好好照顧小雪，她才會一直看電視。」

我們家就只有巴掌大，就算我進房間、關上門，兩人和我的距離也沒多遠。兩人壓低音量討論的聲音不時竄進我的耳朵，我很討厭不自覺豎起耳朵聽她們說話。如果想把兩人的對話拋到腦後，不去在意她們，看部電影可能好一點。

堪稱影響我人生的作品是《飢餓遊戲》。小學四年級時，有個瞧不起我的同學把《飢餓遊戲》的原文書帶來學校，神氣地炫耀自己已經開始看這種書。幾天後，我發現那本書掉在學校的長椅下，不加思索就塞進書包。我明知這是那位同學的書，但一丁點歸還的念頭都沒有。我翻開第一頁，看著上頭密密麻麻的英文字母，頓時感到很難堪，但一想到那個同學跩到不行的臉，就開始讀了起來。雖然幾乎沒有認識的單字，但我還是憑著不服輸的傲氣硬讀下去，對那個同學的厭惡，以及想挑戰英文書的激昂之情，持續鞭策我翻過一頁又一頁。

出乎意料的是，我從第一頁就陷入了《飢餓遊戲》的故事裡頭。光是聽到這個書名，胸口就悸動不已，覺得帥氣到了極點。為了存活下來而賭上性命的凱妮絲·艾佛丁，她的奮鬥一點都不像別人的故事，我過去所感受的衝突與憤怒，似乎都由凱妮絲替我引爆了。儘管不懂的單字超過一半，但隨著故事情節跳著閱讀，也能帶來無與倫比的滿足感。我把書本讀了一遍又一遍，直到書變得破破爛爛，接著拜託阿姨買了另外兩本續集。不過是買兩本書，怎麼會貴成這樣？這把阿姨嚇壞了，但聽到其他媽媽問：「孩子這麼早就在讀這本書了？」阿姨非常難為情，又多拿了幾本不必要的書。

後來，我在學校圖書館看到翻譯成韓文的《飢餓遊戲》，但把Katniss寫成凱妮絲的感覺實在好陌生，所以一本都沒讀就歸還了。我也在地區圖書館借了ＤＶＤ，但看完電影後，我謊稱弄丟了ＤＶＤ。看書時只能憑空想像，但看到凱妮斯的冒險猶如現實般活靈活現後，我怎麼樣也沒辦法把ＤＶＤ還回去。儘管書和ＤＶＤ都和偷來的沒兩樣，但《飢餓遊戲》成了我生命的一部分。

我跟著電影的臺詞低喃，剛開始只跟著唸凱妮絲的臺詞，後來把所有人物的臺詞都背了下來，甚至連射箭的音效和鳥叫聲都能同步模仿。在宇上小學舉行轉學儀式那一天，令所有人大吃一驚的英語會話實力，全都是託《飢餓遊戲》的福。《飢餓遊戲》令我如痴如狂，也使我成了為存活而拚命奔跑的凱妮絲。

看到凱妮絲和比德確定共同獲勝後，都城非法改變比賽規則的那一幕，我一如往常變得極度激動，火焰在我胸口炸開，但電影中的凱妮絲很冷靜，她用冰冷的口吻說：「我辦不到。」接著將毒莓握在手中。我的手中也彷彿能感受到毒莓的觸感，接著突然察覺，有人在看我。

「小雪、小雪。」阿姨在呼喊我的名字，班導師也拿起手提包，站在玄關前。為什麼偏偏在這一幕離開！班導師真是盡做些倒人胃口的事。我帶著微微的憤怒，很費力才走出了《飢餓遊戲》的世界。

「小雪往後也會做得很好的，至今能不費吹灰之力就做到這樣，代表她的頭腦真的很好。但我們學校也有很多出色的孩子，他們並沒有相信頭腦好就夠了，而是真的很認真、很努力，動員了全家的力量。小雪，未來妳必須和那種孩子競爭喔。」

以往班導師看到我時，都會表現出感動不已的樣子，此刻語氣卻不太一樣，她稱讚我的語氣中不帶任何溫度，似乎還感到有點心寒。

「小雪，以後要用功讀書喔，好嗎？不要只顧著看電視。」

這是關上門前，班導師最後說的話。

看到阿姨送班導師到樓下大門，不停哈腰鞠躬，我偷偷翻了個大白眼，幸虧周圍很暗，把我的眼睛往上翻的樣子遮住了。我從廚餘桶裡被人抱出的情景竟然上了電視，阿姨竟然還不動聲色地把這件事隱瞞到現在。阿姨是個不能相信的人，我不能百分之百相信她。

阿姨不僅不知道我心中在想什麼，而且在班導師離開之後，態度有了一百八十度的轉變。阿姨回到家的第一件事，就是果斷地關掉電視。當時剛好播到凱妮絲企圖藉由吃下毒莓結束飢餓遊戲，於是都城手忙腳亂地打算更改規則，這時畫面卻突然暗掉了。

我忍不住放聲大叫：「阿姨！幹麼啦！」

「別再看電視了。」

「就快演完了啊！」

「不行，妳不是一直看到現在嗎？」

「五分鐘就好！不，只要再看三分鐘！」

「剛才老師不是說了，要妳別看電視，好好讀書。」

過去在我們家，無論我是要看電視，或從奇怪的雜誌上學習神祕的性知識，都能隨心所欲，阿姨完全不知道我做了什麼，也從來不曾強制禁止我要做的事。班導師剛才一定把非常奇怪而且有害的某樣東西灌輸到阿姨腦中了。怒火從肚子裡咕嚕咕嚕往上沸騰。

「這下該怎麼辦哪，我就是這麼無知，才會放任妳一直看電視長大，所以院長才那麼傷心失望吧。都已經到了要上國中的重要時期了，以後阿姨也不看電視了。」

我完全搞不懂，在啟動辛勞的一天之前，阿姨用來補充小知識的晨間節目，還有結束吃力的工作後，用來當作休閒娛樂的晚間電視劇，為什麼現在卻說不看了。

「書念得怎麼樣？題庫呢？有試著解題嗎？」

「沒有。」

儘管有單元評量時，同學們偶爾會解解題庫，但我從來都不覺得自己需要那種東西。阿姨發現我的書桌上一本題庫都沒有，隨即哭喪著一張臉。

「哎喲，這下該怎麼辦哪，真的一本題庫都沒有嗎？」

「嗯，我不需要。」

「明天去書店買題庫吧。」

「為什麼？我就說不需要了啊。」

「阿姨我太無知了，老師說一定要叫妳解題庫，但我從頭到尾連題庫是什麼都沒概念，只要買國英數就夠了嗎？」

「阿姨，真的不要買啦！題庫很貴耶！」

阿姨淚眼汪汪地看著我。

「就是因為這樣，院長才會費盡心思想把妳送去好人家。小雪，妳別擔心錢的問題，要去買書來讀，知道嗎？老師說妳很會讀書，叮囑阿姨要好好督促妳，別讓妳落於人後。我們小雪如果以後想要遇見好父母、成為優秀的人，就要當個會讀書又聰明的人。」

「吼！阿姨，幹麼這樣！有錢買題庫，還不如買《飢餓遊戲》的『自由幻夢終結戰』給我，我會用它來學英文！」

「那裡是什麼樣的學校，看電影怎麼算是讀書，妳要在那裡讀真正的書啊。」

阿姨露出如今總算懂了點什麼的眼神，完全把我的話當成耳邊風，因為阿姨是第一次用這種口氣說話，我吃驚地張大了嘴巴。

最後，阿姨去書店買了一堆題庫回來。看著寫在題庫最後一頁的價格，我心疼死了，阿姨卻一臉心滿意足，充滿了自己總算好好在照料孩子的喜悅。接著，阿姨把不知道從哪裡找來的舊型摺疊式手機遞給我，要我從現在開始隨身攜帶，往後一定要回報自己人在哪裡，也不可以不說一聲就消失不見。

幾天後的早晨，時賢沒有來上學，有幾個同學問我時賢為什麼沒來。我沒好氣地說我怎麼會知道，但似乎是因為生日派對時我和時賢一起不見，所以四處流傳著我們關係特殊的八卦。我的名聲本來就很響亮，現在又變得更有名了。無論是以何種形式，只要和時賢扯上關係，就會和時賢一樣吸引眾人目光。直到過了第三堂課，時賢才帶著充滿敵意的表情現身，而他那支無比輕巧、有著骷髏頭手機殼的智慧型手機，也換成和我第一次擁有的手機差不多的「舊石器手機」。

帶時賢來學校的是郭恩泰醫生叔叔。醫生叔叔在走廊上和班導師簡短聊了一下，就匆忙離開了。郭恩泰醫生叔叔的目光整個固定在時賢的身上，即便我就坐在時賢旁邊，即便視線飄到了我這邊，他也沒有認出我。看著醫生叔叔的目光從頭到尾都不為所動地放在時賢身上，最後帶著龐大身軀離去的背影，在我的心口留下隱隱的抓痕。全心全意地看著自己的孩子，那大概就是真正的父母吧。

5

「理事長，這是尹雪。」

「理事長，我們小雪是個了不起的學生，她非但沒有向艱難的環境低頭，更取得了優異的學業成績。」

「就是啊，理事長，她為我們宇上的孩子帶來很正面的影響。」

這個被稱為理事長的人似乎被我的樣子嚇了一大跳。大人啊，無論是誰，見到我宛如吸血鬼般的鮮紅嘴脣和強烈的眼線後，都會先愣住半晌。

「和我想像的樣子很不一樣。」

「畢竟是現在的孩子嘛，小雪有多聰明，個性就有多鮮明。」

「我們宇上小學的孩子……沒見過這樣的。」

理事長咂了咂舌，為我抹紅了宇上小學的榮譽感到惋惜，還打了個寒顫，彷彿恨不得立刻用搓澡巾用力搓掉我那胡亂塗在臉上，屬於貧窮社區的低賤文化。

「我們宇上小學的孩子都滿單純的，小雪剛轉學沒多久……在一般的學校，很多孩子都從小學就開始化妝了。現在，小雪已經慢慢適應我們宇上小學的風氣了，對不對啊，小雪？」

在溫谷小學時，我才不會去做化妝這種花錢的事。為了在看我好欺負的宇上小學同學之中存活，我用盡力氣、拚命掙扎後所呈現的，就是這副模樣。為了買化妝品，我連交通費都捉襟見肘，還參加了所有有獎金的比賽，這倒是造成莫名其妙的影響，導致我此時和理事長、校長、教務主任以及班導師一起坐在校長室裡。

「頭腦再好，人品是優先條件，因為頭腦好就驕傲自滿，是成不了氣候的。」

見到理事長表露不滿的態度，在座的人都提心吊膽。

「雖然尚有許多不足，但小雪身上確實有值得宇上小學的同學效法之處。身處英語教育、創意課程，甚至是海外研修等豐富教育環境之中，孩子們不是經常會把這些優勢視為理所當然嗎？小雪上課時全神貫注，彷彿要一口氣吸收所有學問的氣勢……那認真的模樣令我大受感動，也再次體會到當教師的成就感。理事長，請您幫助小雪尋求夢想，讓她與生俱來的優秀資質得以開花結果吧。」

我望著班導師。本以為她是個只會講好聽話、無聊乏味的人，但不知為何，今天她說的話讓我萌生感激之情。我連自己會以何種模樣生活下去都不曉得，但她說的話似乎是真的。置身在已經很熟稔的同學之中的我，為了遺忘自己宛如一座孤島的感覺，更義無反顧地集中在課業上，很多時候，我甚至一整天都沒和同學說一句話。放學後雖然心情普遍不錯，但也有莫名感到悲傷的時候。

「想成為與我們宇上教育集團相襯的全球人才，不僅品性很重要，人要謙遜，要學習的也不少……不知道這位叫作尹雪的同學，會不會誠心去學習這些？」

「小雪，妳有自信向理事長約定，以後可以成為替我們宇上教育集團增光的優秀人才，對嗎？」

「如果能以社會統合典型的方式選拔像小雪這種傑出的人才，對宇上國際國中也是件好事。」

「理事長，小雪絕不會辜負您的期待。」

老師們不知道在懇求理事長什麼，理事長露出認為不太妥當的表情。我雖知道這件事與我有關，卻不清楚現在發生了什麼事。

「只要妳認真讀書，理事長就會承諾讓妳進宇上國際國中，往後還會助妳一臂之力，讓妳進入英才學校[2]。」班導師認為已經獲得理事長允許，眉開眼笑地向我說明。

和宇上小學同在一個圍牆內的還有宇上國際國中。我一心只想上完一個學期後，就可以畢業了，作夢都沒想過要這個圍牆內多待幾年，如今，我的命運使出了越來越狡猾的卡牌。

2 韓國政府於二〇〇〇年開始致力「英才教育」，從高中開始設立專門的英才學校，重點培育在特殊科目的優秀學生。

在理事長面前，保證未來我會以優異成績替宇上中學添光；在我面前則約定，就讀國、高中的六年都不必擔心學費。換句話說，這是一場交易。

理事長本來就很多金，替我繳學費是小菜一碟，但我能夠遵守約定嗎？別說去國外了，我連京畿道以外的地方都沒去過，有辦法成為國際人才嗎？國際人才究竟是什麼？英才學校又是什麼？是和國際國中一樣，還是不一樣？我明明不是什麼英才，卻叫我去讀英才學校？要是無法遵守約定，又會怎麼樣？阿姨必須償還我的學費嗎？還有，我要去讀宇上國際國中的事又是什麼時候決定的？

「我不去，我不想。」

「為什麼？妳有能力可以辦到。」

「我沒有錢去讀那種學校。」

「錢？小雪，妳不必擔心這種問題。」

「我會擔心，現在我讀這間學校，就已經讓阿姨夠辛苦了。」

「小雪，理事長已經答應，只要妳認真讀書，就會提供妳獎學金，而且國家也有各種補助，妳就別擔心錢了。」

儘管班導師再三強調一點也不貴，但無論是多少，對我們來說都是沉重的負擔。讀宇上小學後，要多花一筆以前沒有的交通費，也讓我對阿姨感到很愧疚。碰到交通卡沒有加值的日子，我經常在放學後走一小時的路回家。就像其他媽媽說自家孩子不上補習班，卻把英文、數學、鋼琴、跆拳道當成基本配備般，老師嘴上也說著學費不貴，但很顯然這會是一筆讓我們喘不過氣的昂貴費用。

「小雪，我們班也有老早就以宇上國際國中為志願，很紮實在做準備的同學，恩秀媽媽已經說了要讓妳加入讀書小組。我拜託過恩秀媽媽，她說希望妳能和恩秀進行良性競爭，對彼此帶來正面影響……」

聽到班導師的話後，我一下子豁然開朗，明白為什麼我會被邀請參加那場彆扭生疏的生日派對，而媽媽們又為什麼會有那種試探性的眼神了。

也就是說，這件事與阿姨執意去書店買一堆和我不搭軋的題庫也有關係。在我沉迷於《飢餓遊戲》時，阿姨和班導師竊聲討論的就是這件事。雖然老師口口聲聲說我辦得到，所以必須這麼做，但說句真心話，光是聽到國際國中的「國際」兩個字，我就害怕得要命。我連這個國家都招架不住了，更何況是國際。就算只是開玩笑，我也不喜歡，即便是稱讚，聽起來也很可怕。

也許是因為和國際國中有關，課程中多了許多外國文化與制度的相關內容。班導師說這是一堂「探索討論」的課程，要大家各自把家中的旅行紀念品、能展現外國地方特色的小東西帶來，發表對各國的看法。

對阿姨和我來說，當然不可能會有出國經驗或什麼外國的小東西。經過一番苦思，我想到了一個輕鬆解決的辦法，就是從我們家搭兩站的公車，就會抵達一個外籍移工聚集的小社區，那邊的攤販會販賣各式各樣的東西。

我在那條街來來回回走了三遍，留心觀察他們。剛開始我覺得找個會說韓語的人比較好，於是走向一個朝鮮族女人，但她知道我不會買東西，態度非常冷淡。我又走到一個看起來最和善的外國女人身旁，試圖想做個簡單的訪問。因為市場沒什麼客人光顧，女人感到很無聊，就高興地回答了我。雖然英語發音很不一樣，很難聽得懂，但聊天氣氛很愉快，甚至有種我們成了朋友的感覺。她來自菲律賓，年紀二十六歲，名字叫作約瑟法。她在我的手心上寫了故鄉村莊的名字，聽到我說上課時需要外國的物品，就推薦我裝在塑膠袋裡的廉價餅乾。

「Pig skin、pig skin。」

這是把豬皮乾燥後油炸的零食，價格寫著兩千五百元，但她只收了我一千元。

大費周章地做好準備後，上世界地理探索課那天，一大早看到同學們帶來的物品，我嚇得張大了嘴。出現鑲寶石的大象手工藝品、位於中東某處的世界最高飯店模型、矽谷Google紀念品時，我也只是略感沮喪而已，等到真正的獅子頭登場時，我著實嚇了一大跳；最後，某個大小姐帶著裝載巨大箱子的推車現身，我才開始有徹底呆掉的感覺。那位大小姐足足奮鬥了二十分鐘，才把以歐洲玲瓏精緻的古城為背景、有繽紛的七列車廂在上頭奔馳的大型電動火車成功組裝好。

精細木雕的火車開始奔馳，全班亂成一團。「早知道這樣，我就把更大的東西帶來了。」大家不滿的嘟噥聲此起彼落，紛紛開始說起各自放在家裡的時髦玩具和紀念品，展開競爭，只有班導師一個人竭力想保持冷靜。

「好，真的很棒喔，今天瞭解了很多關於以色列的事呢。現在，要不要換小雪試試看？」

面對孩子們，班導師總是給予宛如滔滔江水般的愛，但大部分都會以尷尬的結果收尾，導致孩子們變得更爭強好勝。隔壁班的導師是個嚴格木訥的人，但我覺得他們班的學生比我們班的狀態好多了。我深信班導師給予的親切和愛都只是謊言或虛假，就算是真正的愛，這副作用也未免太大了。而我，通常都會成為副作用下最大的受害者。

「我去溫谷洞的市場和移工約瑟法進行了訪談。約瑟法來自菲律賓一個叫作八打雁市的地方，是距離首都馬尼拉八十五公里的鄉下。儘管菲律賓隨處可見優美的海景和豪華度假村，但他們也和極為貧困的人一起生活。那裡有許多栽培鳳梨、芒果的農場，勞工都很喜歡吃這個炸豬皮和水果。由於天氣相當濕熱，所以發展出許多煎炸或乾燥後減少水分的料理方法。」

儘管透明塑膠袋裡的炸豬皮零食受到大家嘲笑，我依然昂首挺胸，與親切的約瑟法共度的愉快時光給了我自信，那是一場真正的訪談。

「菲律賓是由七千個島嶼組成的國家，海產非常豐富，但約瑟法說自己在菲律賓時從沒吃過蝦子，因為垃圾場排出的廢水汙染了海洋。」

一聽到蝦子，吵吵鬧鬧的孩子們都像被吸住了，全神貫注地聽著，我很開心能吸引大家的目光。那一刻，一邊指著市場中裝載蝦子的保麗龍箱，一邊大笑的約瑟法，就好像在我身旁替我加油。

「因為雞肉和雞蛋都很昂貴，沒辦法常常吃到，不過如果挖開沙堆，就可以抓到蜥蜴，所以通常會把牠們炒來吃。」

聽到菲律賓人會吃蜥蜴，有人發出尖叫聲，還有人做出嘔吐的樣子。我第一次從約瑟法口中聽到這件事時，也是這種心情。

「因為會剁得很碎，和蔬菜一起料理，所以不會看到蜥蜴的樣子，看起來就像一般的食物，聽說非常美味。」

「這樣啊，不愧是小雪，說得比親自去菲律賓還要生動，對不對呀？」

班導師喜不自勝，我也對我的報告很滿意。和約瑟法聊天時，菲律賓這個陌生的國家突然變得像鄰居一樣親近，我希望聽完我的報告後，大家也能一起享受這種感覺。可是我卻有點不安，有幾個同學露出非常不懷好意的眼神。他們交頭接耳，互相說著可疑的悄悄話，還撞了撞彼此的腰際。反正他們本來就是卑鄙小人，我告訴自己別在意。但報告和討論課結束後，大家卻故意在我面前大肆討論在東南亞頂級飯店和度假村度過的夢幻假期，以及購物血拼的事。

「在我們家工作的保姆是菲律賓人，不只腦袋不好，工作也笨手笨腳，所以我爸爸就用腳踹了她的肚子。」

同學們個個笑得花枝亂顫，無論這野蠻的行為是真是假，我都覺得狠殘忍。真的很詭異，當大家一邊偷瞄我，一邊嘲笑菲律賓和菲律賓人時，卻好像是我受到羞辱般，覺得好丟臉。

我咬著牙想裝作若無其事，又覺得那些人嘲笑我也是天經地義的。班導師要大家見識這個世界，同學便爭先恐後找來最華麗、最彰顯富裕的東西，而我偏偏又再次看到最深層的窮困。明明只要在網路上找幾張奇形怪狀的世界高樓的照片，把它們列印出來就行了，何必特地跑到市場去進行那種採訪？如今才後悔也無濟於事，我不禁感到無言，就憑這樣的我，還讀什麼國際國中？

「其實，她是妳媽媽吧？」

「誰？」

「那個菲律賓女人。」

是時賢。我很茫然，不知道應該回答什麼，不，是不知道該有什麼情緒。好像耳朵突然聽不清楚，又好像胸口很悶、喘不上氣。同學們已經悄悄對把菲律賓汙名化感到乏味了，聽到這個全新的想法後，忍不住雙眼發亮、興奮不已。

「她不是沒有媽媽？」

「原來是說謊啊，是菲律賓人啦。」
「啊，原來如此，難怪長得這麼奇怪。」
「還說是去採訪，原來是去問了她媽媽。」
「豬皮是她媽媽做的嗎？」
「還把炒蜥蜴當成小菜吃。」
「她們家是垃圾場。」
同學們興高采烈地把蜥蜴、垃圾場和我連結在一起，只差沒有手舞足蹈。
「夠了喔，我不會放過你們。」
我卯足全力警告他們，但聲音開始顫抖。不知道是不是我鮮紅的嘴唇和往上吊起的眼神已經過了藥效，我的警告毫無作用。相反的，時賢一副氣定神閒的樣子，臉上掛著與自己最相襯的、充滿心機的嘲諷笑容。
「怎麼？妳本來就是從廚餘桶裡出來的啊。」
我懷疑自己聽錯了，看到有為數不少的同學彷彿老早就知情般在一旁搭腔，我更加錯愕。有幾位同學吃驚地追問這是什麼意思，已經知情的同學們便悄悄把手機遞了過去。
「這是尹雪？真的嗎？」
「哇，真的是從廚餘桶裡出來的耶。」

我把手機從他們手中一把奪過來。在猛力搖晃的畫面中，人們紛紛吶喊著：「天啊，是誰把嬰兒……」那是一個花花綠綠的水果籃，裡面有一個全身沾滿廚餘、身穿連身衣的寶寶。

僅從隱祕的耳語中聽說過的情景，此時正以影片畫面在我眼前生動播放。因為是從多年前的電視畫面截下來的影片，所以畫質很模糊，但仍能清楚認出是院長年輕健康的模樣。我目不轉睛地盯著影片許久，看得比任何人都入神，直到班導師從我手中一把奪走手機為止。

「這是誰的手機？是誰傳了這段影片？」

班導師向同學追問，時賢拿出自己最近使用的摺疊式手機，擺出好像自己打從出生起，就沒用智慧型手機看過影片似的裝蒜表情。但我非常肯定，這件事又是時賢策畫的。他一如往常退後一步，帶著討喜卻居心叵測的笑容，找出多年前的影片，接著轉發給同學，將我再次塞進廚餘桶裡。

儘管班導師斥責同學，也試著安撫我，但我什麼都聽不進去。我無法呼吸，胸口越來越悶，只能垂死掙扎般地大口吸氣，結果發出猶如猛獸哭號的聲音。腦袋彷彿抽成真空般，眼前逐漸發白，下一秒，我便發出怪吼，朝時賢撲了過去。

時賢是個力氣很大的男生，是我們班玩躲避球時的第一高手，也是接力賽選手，但他好像被我的猛勁嚇到了。時賢試著想甩開我，但我怎麼樣都不肯退開，他狠狠的揍我，揪住我的頭髮，但我完全感覺不到疼痛，就算頭髮一根都不剩，我也無所謂。我已經打定主意，今天一定要把時賢的兩顆眼珠子挖出來。砰，我們弄倒了桌椅，兩人在教室地板上狂亂扭打成一團。

等我回過神時，人已經在救護車上了。我試著想起身，但左側身體完全無法使力。剛才和時賢較量時，明明手腳都正常發揮了作用，但在徹底抓狂、最後失去意識的過程中，好像哪裡嚴重故障了。

「妳躺好別動，等一下會用擔架抬妳。」身旁的救護員說道。

阿姨正在替中午的生意做善後工作，此時慌慌張張地跑來。醫生把平板電腦裡的照片給阿姨看，說明我的肋骨斷裂了。我沒辦法承受今天發生的事。我的媽媽，真的是菲律賓人嗎？在我的臉上，與約瑟法深邃的雙眼皮和黝黑的皮膚有任何相似之處嗎？說不定，在我的頭頂上第一次開啟光明的廚餘桶內，也有一隻凍死的蜥蜴。

急診室的門開啟，出現時賢和郭恩泰醫生叔叔的身影。時賢並沒有像往常般露出冰冷嘲笑的表情。那個孩子，已經回到和我相同的十三歲，是闖了禍後，被爸爸一路揪著後領、滿臉驚恐的小學生。

自從轉學到宇上小學的第一天開始，我就一直想像著和時賢、郭恩泰醫生叔叔一起見面的場景。所有想得到的場景我都想過了，包括運動會或發表會學校活動，或是我變成了時賢的女朋友，在時賢家一起讀書、吃零食，然後恭敬地向郭恩泰醫生叔叔鞠躬問候等。在各式各樣的想像之中，並沒有這種學校暴力的受害者與加害者相遇的場景。儘管我和時賢大打出手，導致身體某處的骨頭斷裂而躺在床上，但時賢秀氣的臉上也青一塊紫一塊，還留下了像海盜一樣的長長疤痕，所以也很難指認到底誰才是加害者。

郭恩泰醫生叔叔看到阿姨和我，整個人凍結在原地，平時像烏鴉一樣黑的臉，褪成白紙的顏色。阿姨穿著在通百食堂工作的衣服直接跑過來，看起來比任何時候都老邁寒酸。看到郭恩泰醫生叔叔後，阿姨一臉欣喜，她一定是認為，在醫院裡偶然遇見了值得信賴依靠的人。看到阿姨的模樣，我心好痛。

郭恩泰醫生叔叔走到阿姨面前，跪了下來。

「阿姨，我沒臉見您，我是這個孩子的……爸爸。」

阿姨一時沒聽懂這番話，她不知道臉上有一條長長傷痕、個子高瘦的時賢是誰，還有郭恩泰醫生叔叔為什麼要按著他的肩膀，一起跪在自已面前。阿姨不懂郭恩泰醫生叔叔為什麼要向我們賠罪，糊里糊塗地楞了好一會兒，才突然吐出「喔，我的天啊」的細微驚嘆。看著阿姨的模樣，就連骨頭沒有斷裂的胸口附近都感到揪疼，就像時賢弄斷了我的肋骨般，我彷彿也弄斷了阿姨所寶貝的某樣東西。

6

有一天，我從衣櫥的老舊物品中找出了有一張圓臉的女人和某個竹竿般乾瘦男子的結婚照，阿姨非常難為情地承認，那個女人就是年輕時的自己，但阿姨只告訴我，丈夫是個開卡車的。照片中的男人年紀看起來比阿姨大上許多，而阿姨則是一臉愣頭愣腦的，好像連自己結婚當天發生什麼事都搞不清楚。

一張結婚照，還有幾張不知道在哪個海邊拍的照片，關於阿姨的婚姻，我能窺探的就只有這些。阿姨說，丈夫是個會像泡麵鍋一樣噗嚕噗嚕發脾氣的人，但很快就會消氣，恢復平時嘻皮笑臉的模樣，後來因為心臟病發而猝死。阿姨還說，現在我們居住的社會住宅就是丈夫留下來的，所以才能毫無後顧之憂，阿姨很感激他。

「孩子呢？阿姨有生過小孩嗎？」

「沒有，沒想過要有孩子。」

我徹底鬆了一口氣。假如阿姨有孩子……我好像會非常非常傷心。

「阿姨和叔叔相愛嗎？生活好玩嗎？」

「嗯？生活就是生活啊，哪有什麼好不好玩。」

這就是全部了。我雖然想多瞭解阿姨的婚姻，但也問不出個所以然。並不是阿姨想隱瞞，似乎真的是因為阿姨記不得什麼與丈夫的點點滴滴。阿姨本來就是這種人，不會和丈夫甜甜蜜蜜的，但也沒有什麼大打出手或吵架的場面，阿姨不過就是一個結婚十四年，然後丈夫心臟病離世，最後孑然一身的女人。

「為什麼會來草葉育幼院？」

「想看看那裡有沒有小寶寶。」

阿姨完全沒有察覺，在我的提問中，隱藏著深切的渴望。

我是去見妳的，是為了去見我們小雪啊。第一眼看到妳，我就認出來了，妳是我命中注定的孩子。

阿姨不是懂得講這種帥氣話的人，阿姨只是沒有子女，加上連木訥的丈夫都離世了，為自己變成孤零零的一人感到哀傷，才想「去育幼院的話，能不能看到小寶寶？看到小寶寶之後，心情會不會好轉？」於是去了草葉育幼院。

「那看到小寶寶後，心情變得很好嗎？」

阿姨本來就是個寡言沉默的人，碰到這個問題後，完全喪失了言語。她停下把衣物摺疊整齊的動作，思緒直接飛回當年那一天。不存於我的記憶的日子，就算留在記憶中，我也會奮力想要抹去痕跡，我指的是我全身覆滿廚餘，首次出現於草葉育幼院，然後被電視鏡頭拍到的那一天。

阿姨垂下雙臂，一個人呆呆地徘徊於那天的記憶時，我則仔細打量阿姨的臉，努力想要跟著去探索那些阿姨沒有告訴我的事。阿姨此時看到的景象，天色未明的新年凌晨，傾瀉而下的鵝毛大雪，手持攝影機，前來採訪孤單弱勢的記者，還有全身散發令人皺眉的惡臭，從廚餘桶被抱出的我。

我提心吊膽的觀察阿姨的表情，但她眼前似乎並未發生任何不好的事，反倒像是黎明時分落下的雪花般，臉上無聲綻放著沉浸夢中般的微笑。任何一個人，都無法看著骯髒醜陋的情景，露出那種笑容。就算是笨蛋也能輕易明白，此時阿姨眼中看到的，是美麗且美好的景象。阿姨臉上逐漸擴散的淺淺微笑，讓我瘋狂跳動的心沉澱下來，為我帶來寧靜的和平，那張彷彿心生讚嘆般露出微笑的臉，是世界上最美的。

那段晃來晃去的影片短暫停留在我眼前時，我沒有在畫面中找到阿姨的身影。有可能是阿姨在場，但我錯過了她的身影，因為那已經是多年前畫質很模糊的影片。但其實我很肯定，阿姨並不在那個畫面裡，假如阿姨在場，我絕不可能錯過。只要目光掃過，我就會像隻老鷹般揪出那個身影。假如世界上有比我的親生媽媽更想看到的臉，那就是阿姨初次見到我的瞬間，將雙臂垂下，忍不住出聲讚嘆的模樣。

實際的影片充滿了悲嘆、嘆息、黑暗與晃動，比我的想像更殘酷地撕裂了我的心。即便院長以顫抖的口吻許下誓言，說會好好珍惜這個孩子，呼籲社會齊心協力，也無法為我帶來絲毫安慰。我執意想把阿姨彷彿看到世界上最美生命般的樣子加以剪輯，隱藏於畫面的某個角落，但這並不容易。阿姨根本就不在那個畫面裡，而此時，她陷入了世界上最深沉的悲傷，在我身旁傷心哭泣著。

「我對小雪還有阿姨，都是百口莫辯，請原諒我沒教好孩子。無論是小雪的治療或補償，該做的我都會全權負責。」

儘管我和時賢發生肢體衝突，導致肋骨斷裂是很不得了的大事，但害我變成這樣的孩子，竟然是郭恩泰醫生叔叔的孩子，這個事實造成的衝擊實在太大了。總是像隻大熊、讓人感覺愉快的郭恩泰醫生叔叔，卻以如此悲痛的表情跪在我們面前，這絕對不是我們想要見到的景象。我們想像著在某個地方，有一個極為美麗的世界，還有極為高尚的人存在，而且認為那個世界極為珍貴，並與想像中的人物最為接近的人，就是郭恩泰醫生叔叔。我們認為，碰到不懂的事，去請教他就行了。他熱愛什麼，我就會愛屋及烏；他討厭什麼，我也會厭惡屏棄，一切判斷和情緒都交給他，我只要在後頭跟隨就行了。他，就是這麼一位值得信賴的人。

儘管我們不屬於那個地方，但我們相信那樣的世界和那樣的人存在於某處，要是哪一天走運了，我們也能開啟那個世界的大門走進去，這樣的希望是很重要的。看到郭恩泰醫生叔叔存在於那個地方，這就是我們的希望。我們內心微不足道的和平世界崩然碎裂，這是比斷裂的骨頭更嚴重、更難以挽回的損失，看到郭恩泰醫生叔叔如此悲慘，我甚至心想，真希望做錯事、向別人謝罪的是我。

但至少，我還有一個多月的時間適應，思考時賢與他爸爸的事，雖然我沒料到會這麼糟就是了。對阿姨來說，這無疑是晴天霹靂，她似乎完全無法判斷該如何接受這段孽緣，只是不停哭泣。

「既然小雪和時賢的父親有多年的緣分，相信阿姨也會諒解的。之前時賢也幫了小雪不少忙，想必這次時賢也不是故意的……小雪和時賢兩人，能以這件事為契機當好朋友。」

班導師口口聲聲說，要是碰上什麼困難就隨時告訴老師，此時她卻在肋骨斷裂、躺在病床上的我面前袒護時賢是出自善意，並強調這是不小心發生的失誤。聽到她說我們會大和解，我氣得忘記斷裂的肋骨，差點猛然從床上起身。竭力讓自己堆滿笑容，已經是她給予我們最客氣的禮儀了。

我躺在醫院的期間，宇上小學掀起了一場風波。聽說有人向教育廳檢舉這場騷動，以致時賢必須強制轉學的風聲四起，情勢變得很驚險。有錢人家的獨生子到處轉發育幼院孤兒的影片，還弄斷了對方的肋骨，這個事件只要靠一行標題，就足以引起讓眾人咬牙切齒的爆發力。

「事情變得很棘手，我們應該保護孩子們，避免他們再受到傷害。現在阿姨和時賢一家人都很辛苦，目前對孩子最好的方法，是讓時賢的父母成為小雪的寄養父母！只要小雪和時賢互相效法對方的優點，他們一定會變得非常出色。」

這也太扯了！但郭恩泰醫生叔叔肯定是腦袋秀逗了，他很認真地聽班導師說這些奇怪的話，最後沉痛地點頭回答：「我也是這麼想的，我會按照老師的話去做。」

阿姨不知該怎麼辦。說真的，阿姨手上也沒有任何處理這種問題的權限。碰到重要問題時，都是由院長做決定。

「當然要去了，這對小雪來說是個天大的好機會。還用說嗎？這要比妳親自撫養好太多了。」

就這樣，我依照院長的決定搬進了郭恩泰醫生叔叔的家，從頭到尾都沒人詢問我的意見。因為我是個沒有父母、對世界一無所知，加上打了許多止痛藥，連意識都不太清楚的孩子。原本貌似會走向看不見盡頭的悲劇性結局，卻以令人難以置信的大和解收尾了。班導師再度堆出滿臉笑容。

「這對我們小雪來說是多棒的事呀！他們會把妳照顧得比阿姨照顧更好。」

由於才從安德森家回來沒多久，要打包行李完全不費吹灰之力。儘管阿姨不斷催眠自己這是件好事，但整理行李時又忍不住數度哽咽。我則整個人呈現呆滯狀態。我竟然要住到郭恩泰醫生叔叔家了，盼望多時的願望真的實現了，但我也為感覺和預想的差這麼多而錯愕。發生影片事件後，時賢跋扈的氣勢大減，再也沒那麼橫行霸道了，但我對前後差異沒有太大感覺，只覺得好像發生了什麼大事，卻摸不清究竟是哪裡出了差錯。

「那就是我們家。」

郭恩泰醫生叔叔將手指抵在汽車前的擋風玻璃上，指著一棟高聳入天的大樓。由於表面多是玻璃材質，所以依稀地映照出天空的雲朵、環繞建築物的河流與樹林，以及周圍的建築。我嚇了一大跳，那麼高的建築物，真的是人居住的家嗎？大廳的亮色系大理石散發低調的光澤，像警察一樣身穿制服的保安人員很慎重地欠身問候。因為時賢的家，郭恩泰醫生叔叔的家，同時也是往後我要住的地方實在太過豪華，我覺得自己好像快窒息了。

時賢的媽媽，也就是郭恩泰醫生叔叔的夫人，張開雙臂熱烈歡迎我的到來。儘管她說，既然現在住在一起了，就叫她媽媽吧，但我實在無法像時賢一樣自在地喊，既然她是醫生叔叔的夫人，所以我想稱呼她為太太，但這個稱謂已經被幫忙打理家事的阿姨拿去用了。

「不然，叫阿姨怎麼樣？」

我慌張地搖搖頭。就算包含時賢的媽媽在內，要我把在街上走來走去、年齡從二十歲到六十歲的所有女人都叫作媽媽，我也絕對無法叫任何人阿姨。對我來說，天底下就只有一個阿姨。最後，這問題一直沒有結論，反正稱謂也不是太重要，所以就要我隨意，看是要喊時賢媽媽或伯母都可以。

擺放著全新床鋪、書桌和衣櫃的地方，如今變成了我的房間。就在我躺在房裡輾轉難眠時，他們一家三口敲門進了我的房間。過去，我只在診間見到郭恩泰醫生叔叔穿白袍的模樣，現在看到他穿舒適的圓領T恤和質料柔軟的睡衣後，頓時覺得好陌生。

「妳一定覺得很陌生，睡不著吧？」

郭恩泰醫生叔叔用如大熊般厚實的手掌摸了摸我的頭，他和我在醫院看到的那個人好不一樣。原來醫生叔叔在家時，不會隨時用鼻子哼唱歌曲和跳屁屁舞。醫生叔叔雖然臉上掛著笑容，但好像比我還緊張，表情有著從未見過的僵硬感。

「我們好好相處吧，小雪，我們會相處得很融洽的。」

那天晚上，醫生叔叔的夫人看起來還比他有活力。

「晚安。」時賢不情願地說了這一句就轉過身。

他們一家人走出房間後，我依然遲遲無法入眠。四十八樓，這個距離地面如此遙遠、彷彿站在巨人肩膀上的高度令人感到暈眩。在不曾搭過的飛機上頭，是否也會看到這樣的風景？窗外的河水和樹林彷彿環抱大樓般，彎彎曲曲地流動著，近至高樓大廈區與學校，遠至在高速公路上奔馳的車流、農田、工廠，以及宛如小狗臼齒般的山脈稜線，大韓民國的所有風景，彷彿都在我的房間玻璃窗前一覽無遺。

我幾乎徹夜沒睡，在翻來覆去間迎來早晨。聽到郭恩泰醫生叔叔他們夫妻倆在房門外低聲說著悄悄話，於是我從淺眠狀態中醒來。輕盈柔軟的棉被、溫暖鬆軟的床鋪、將我的衣物整齊掛好的衣架，想到昨晚在這裡睡了一覺，往後也要繼續住在這裡，就覺得好像別人的事情般不真實。我做了一次深呼吸，打開房門走出去，兩人交頭接耳的聲音也戛然而止。

「小雪這麼早就起床啦！」

不知道為什麼，那句話聽起來像一聲嘆息。時賢媽媽連忙把削到一半的水果交給家事阿姨，走向時賢的房間。

「時賢，該起床了！小雪都已經起床了，你也要趕快起來刷牙洗臉、吃飯了，時賢！」

郭恩泰醫生叔叔走到我面前，配合我的視線壓低身子，替我檢查束腹帶。

「起床時會不會痛？只要戴到這禮拜，下星期就可以解開了。妳一定覺得很悶、很不舒服吧？」

替我檢查斷裂骨頭的醫生叔叔，雖然臉也沒洗，頭髮也像鳥巢一樣蓬亂，但至少和我過去認識的醫生叔叔有某程度的相似。

「我說我不吃！」

時賢媽媽一臉難為情地走出時賢的房間。時賢沒有加入吃早餐的行列，所以只有我們三個尷尬地坐在餐桌前。小白狗向量在桌底輕輕地搖晃尾巴，期待會有地瓜碎屑掉下來。我不禁開始擔心，籠罩在郭恩泰醫生叔叔夫妻倆頭頂上的烏雲，是不是因為我太早起床了。

「不知道小雪妳喜歡什麼，所以每樣都準備了。」

這是沙拉和吐司、湯飯一應俱全的早餐，但就算全都嘗過了，也不知其味。

「因為買得很匆忙……不知道妳會不會滿意，等妳身體復原了，我們再一起去買衣服吧。」

我在時賢媽媽的幫助下換好衣服，衣櫃裡掛滿了比安德森太太送我的衣服更柔軟、更高級的衣物。

「聽說妳喜歡編辮子？妳坐這裡，我幫妳編。」

時賢媽媽的編髮技術出色到教人詫異，甚至令我懷疑她是不是美髮設計師。她編出的頭髮不僅牢固，還有著漂亮的曲線，是阿姨的手藝遠遠不及的。時賢媽媽美麗的臉蛋上泛起滿意的微笑。

「小雪的頭髮這麼長真好，因為生的是兒子，我還為了沒機會替孩子綁頭髮而失望呢，下次要不要去美容院燙一下頭髮？」

我的身影映照在鏡子裡，全身上下散發著轉學第一天令我大開眼界的那道隱約光環，我的髮型就像十八世紀的少女般端莊，而時賢媽媽臨時添購的上等衣物，也像是為我量身打造般，十分相襯。我吃驚地連忙從鏡子別過頭。不知為何，我的雙手不敢貿然伸向化妝品，最後只擦了乳液。

直到我結束漫長慌亂的上學準備，時賢都沒有從房裡出來。郭恩泰醫生叔叔夫妻倆頭頂上的烏雲也更厚重了，不管用什麼都無法遮掩。儘管時賢媽媽已經數次進出時賢的房間，依然毫無動靜，最後，直到郭恩泰醫生叔叔帶著大熊般的氣勢進攻，時賢仍躺在床上。我看到時賢的房間，原本門把所在之處，只有一個什麼都沒有的空洞。

「這是小雪來的第一天，我們就別引起騷動吧。」

郭恩泰醫生叔叔的嗓音像岩石般沉重，光是聽他說話，都覺得整個人好像要被壓得坍塌了。這是我在診所時從沒聽過的聲音。時賢粗魯的一腳踢開棉被，起床穿上衣服，接著就拿起書包走出房間。儘管他走出房間時無精打采的，耗費了很長的時間，但他沒吃早餐也沒刷牙洗臉，就一個箭步衝向玄關，快得讓人看傻了眼。除了家事阿姨恭敬地說了一聲「出門小心」之外，沒有半個人說話。

在圍繞電梯四面的金色鏡子中，映照出無論到哪，作為一家人都毫不遜色的四人身影。儘管從過去到現在，我一直很好奇真正一家人之間的對話、真正一家人的外出、真正一家人的三餐是什麼樣子，卻怎麼也沒想到會是這種氣氛。尤其，郭恩泰醫生叔叔一家人的早晨，竟然只有這種勉為其難的乾笑。

同學們以多少形式上的親切再次迎接我，沒有人嘲笑我住在時賢家的事。儘管一方面是多虧了在我缺席這段期間，實施了學校暴力預防教育，但即便是用這種詭異的方式，我成了與他們家庭相似的一員，仍使他們對待我的態度出現一百八十度的轉變。

我自然而然地加入了由爸媽親自駕車接送的同學行列，時賢媽媽會送我們上下學，放學後，只要走到校門口，就會看到等待我的深灰色轎車，它的鼻梁上頭有四個部分交疊的圓圈。向量會把一雙前腳掛在降下一半的車窗外，開心地搖著尾巴。我一步步走向取下墨鏡後露出燦爛笑容的美麗女人，默默地感到呼吸困難。

「妳暫時就在家裡休息吧，等妳身體好點了，就讓妳和時賢一起讀書。」送時賢到補習班前，他下車轉身的同時，時賢媽媽像在道歉似的說。

「我要去買點菜，要不要一起去超市？」

在時賢一家人居住的高樓地下室，有一個華麗的超市，它不像是一間超市，更像一家禮品店，所有東西都花花綠綠的好不漂亮，就連豆腐和洋蔥等常見的東西，擺在那裡也很美，還有許多從未見過的水果和蔬菜。

「小雪喜歡涼麵嗎？要不要買那個？」

時賢媽媽拿起一包涼麵調理包，我才突然發現，原來自己的目光已經停留在涼麵調理包的角落好久。那是去年夏天，鋪上滿滿的小黃瓜絲及半顆水煮蛋後享用的涼麵。當時我還有氣無力、走路搖搖晃晃的，所以阿姨非常猶豫，但那天我們一口氣吃光了涼麵，連一滴湯也不剩。現在，我則坐在時賢家的大理石餐桌上，享用著裝在水晶盤裡的涼麵了。儘管時賢媽媽用寫滿期待的美麗臉龐看著我吃，但老實說，這不是我記憶中的味道。

止痛貼片的藥效退了後，斷裂肋骨的疼痛就會鋪天蓋地的襲來。神奇的是，時機點就是這麼精準，從那碗涼麵放在我面前開始，肋下部位就開始痛起來。我狂冒冷汗，完全無法呼吸，最後涼麵就連一半也沒吃完。

「哎呀，沒想到已經這麼晚了，本來想放學後洗完澡再換貼片，小雪現在是不是很痛？」

因為身體不方便動來動去，只能麻煩時賢媽媽替我洗澡。她小心翼翼地脫下我的衣服，仔細地用肥皂泡沫替我搓揉全身每一個角落。

「妳真的好瘦啊，比時賢還瘦。」

時賢媽媽替我洗澡時，毫不猶豫地岔開雙腿蹲下來，也不介意被水珠噴濺到，那個模樣和阿姨非常相似。洗完澡後，時賢媽媽用鬆軟的浴袍將我包住，笑得很燦爛。全身被宛如向量的瀏海般輕盈、軟綿綿的東西裹住的感覺，令我一時感到頭暈目眩。

「我一直想，如果有女兒，就要讓她穿上這個，兒子啊，就是這麼無趣。」等皮膚的水分乾透後，時賢媽媽替我換止痛貼片，接著一邊哼著歌，一邊替我吹乾頭髮，然後要我在時賢回來前好好休息。

「狀態好像不錯，晚上吃了涼麵，只是一直都沒說話。」

聽到時賢媽媽和郭恩泰醫生叔叔低聲交談的聲音後，我才察覺原來這段時間我一句話也沒說。一如往常，碰到突如其來又無法承受的變化時，我就會躲進緘默症這個自在的朦朧雲朵之中。我的大腦和耳朵都很正常，該聽到的也都聽得見，但等到我該回答的時間點，我的思緒就會很自然地飄到別的事情上，這種方式讓我既不會有任何罪惡感或壓力，又可以悶不吭聲的繼續生活。

時賢的父母成為我這個受害者的寄養父母後，學校暴力的騷動也告一段落。不論是笑容或嘲笑，都從時賢臉上消失了，也不跟原本要好的那一群說話，將自己孤立起來。儘管如此，這並不代表時賢懂得反省或自我約束了。

「妳別裝得好像是我們的家人。」時賢以冰冷的表情警告我。「就算住在我家，也不代表我們是真正的家人。」

聽到時賢這麼說，我一點也不驚訝，因為我也沒有一丁點想和時賢真正成為一家人的念頭。我只不過為能稍微分得一點郭恩泰醫生叔叔夫妻倆的愛而感到高興。時賢根本配不上這麼棒的父母，時賢媽媽沒有任何錯，卻替全身上下冷冰冰的時賢道歉了好幾次。

「時賢的個性很難搞吧？他還是小寶寶時，不知道有多可愛呢，也很愛笑……」

時賢媽媽打開電腦，給我看時賢童年的照片，也是我在郭恩泰醫生叔叔的診間，偷偷熱切打量的照片。還是寶寶的時賢，有著宛如蘋果般紅通通的臉頰，以及像現在一樣往上揚的眼尾。他眼饞地看著冰淇淋，將紅蘿蔔遞給動物園的鹿吃，踩著朝氣蓬勃的步伐朝球飛奔而去，就這樣，照片中的時賢逐漸茁壯長大。他綻放笑顏的表情彷彿擁有了全世界，而數百張、數千張的照片全累積在硬碟中。

「自從進入青春期後就……唉，真是的。」

時賢媽媽噘起美麗的嘴脣，照片中的時賢也逐漸失去了表情。站在美麗的歐洲教堂前的時賢，最後成為我熟悉的那個模樣。他帶著彷彿在訴說「世界真是令人歎為觀止啊」的嘲諷笑容，以充滿憤怒的眼神凝視其他地方，而不是相機鏡頭。

「那是去布拉格的時候，結果就只有這張照片，他怎麼樣都不肯拍照，真不曉得他為什麼這麼固執。」

把照片資料夾裡最近去旅行的照片都瀏覽完畢後，時賢媽媽才關掉螢幕，接著像一名工程師般，熟練地將電腦主機的電源線及螢幕連接線分離，放進手提包。

「如果不這樣，他就會整天玩遊戲，我已經不知道去網咖把他抓回來幾次了。

要是養個乖巧聽話的女兒，我根本就不用做這些！」

很快的，我和時賢媽媽變得比郭恩泰醫生叔叔更親密。放學後，時賢在補習班前下車，在郭恩泰醫生叔叔下班前，我和時賢媽媽有很多時間單獨相處。我們一起去書店，一起喝奶茶，在百貨公司試擦各式各樣的口紅，噘起厚厚的嘴脣自拍。和她同框的我的模樣讓人不敢置信，好像全世界的人都對我露出欣羨的眼神。

「真的就好像多了一個女兒呢，所以我才說要生女兒嘛。」

「就算生了，能保證生出像小雪一樣的女兒嗎？」

郭恩泰醫生叔叔咬下一大口蘋果，興致缺缺的臉上彷彿在訴說「一不小心，就會多一個像時賢一樣的兒子」。

我們真的好像一家人。看著我和時賢媽媽拍的照片，還有體格壯碩的郭恩泰醫生叔叔豪爽大笑的模樣，就和我想像中一家人和睦的晚餐時間一模一樣，至少在時賢從補習班回來前是如此。

當公共大廳響起告知時賢回家的通知音效，對話就中斷了，他們夫妻倆的臉上也彌漫著緊張感。按完玄關密碼進門的時賢，一聲不吭地逕自走進房間。不消幾秒鐘，我們就能清楚察覺那孩子的心情有多糟，又有多怒氣沖沖。郭恩泰醫生叔叔放下蘋果，一邊咂舌「那小子真是……」，時賢媽媽則輕輕按住丈夫的膝蓋。只有向量高興地蹦蹦跳跳，用鼻梁推開沒有門把的房門，跟著時賢進房。

「小雪，時賢不是因為妳才這樣。」

醫生叔叔夫妻倆很細心地說些讓我安心的話。

「在妳來之前就這樣了，也沒有原因，都是青春期搞叛逆。要做的事越來越多，但他不想做才這樣吧。我們反而很期待，妳來了之後，時賢也許會變得更懂事一些。」

「要是他能跟妳多學學，知道自己有多幼稚、不懂事，那該多好。」

「下週開始和時賢一起去補習班吧，我已經向老師說過了，會有一個超級聰明的孩子加入！」

我一方面為自己至少對這個家有點用處感到安心，但又不免再次擔心，時賢真的會因為我而變懂事嗎？假如發現我在這方面起不了任何作用，那我會變成什麼樣子？

直到我的身體恢復得差不多，不需要繃帶與止痛貼片也能正常起居後，我開始和時賢一起去補習。扣除三年級時，剛好學校前面的英語補習班開張，我曾經拿過免費試聽券，聽過兩個月的課程之外，這還是第一次補習。這間聽說是在韓國名聲最響亮的數理補習班，外觀看起來比想像中平凡，但大家的表情都很嚴肅，彷彿能踏進那間補習班，就是一種榮耀。

「看來得考慮一下英才學校，可能會比較有利，因為小雪在社會統合典型案例中，也是屬於優先順位。」
「因為完全沒有接受早期教育……」
「請別擔心，我們 Deep Brain 不是只有提供早期教育，更強調數理的思考方式。」
「小雪跟得上進度嗎？假如從現在開始的話。」
「我們就相信小雪的潛力，讓她接受中等早期深化課程，同時準備英才學校特別班的選拔吧，小雪媽媽。」
聽到諮商經理最後加上的「小雪媽媽」，我立刻被迷惑了。雖然後來我才知道，補習班員工會在所有句子最後加上「某某媽媽」，已經是一種職業病，但時賢媽媽彷彿變成我媽媽般的自然畫面，令我不由自主地心跳加速。我無法用言語形容那種擁有那麼高貴可靠的媽媽，以及大家把我當成她女兒的感覺，這是我和阿姨在一起時無法感受到的情緒。
儘管課程沒有想像中困難，但進度非常快，而且作業多得嚇人。第一次收到作業時，我忍不住懷疑自己的眼睛。我真的能把這些全部做完嗎？一想到這，不免焦躁起來。時賢只是隨便敷衍就草草了事，上課時好像也絲毫不感興趣，只有身體坐在座位上。我想著，假如我用心寫作業，會不會對時賢帶來正面影響呢？於是寫得很認真。

「Deep Brain 提起英才學校的事呢，只做了一次測驗，馬上就這麼說了。」

「英才學校？可以從現在就開始嗎？」

「對方說，以小雪的程度完全沒有問題，只不過要是送去英才學校，補習費會非常可觀。」

「錢的問題就別擔心了，假如是小雪，不管花多少錢，我都想助她一臂之力。」

「就是啊，假如是像小雪這樣的女兒，就算養十個我也願意。寫功課也不需要我耳提面命，就會自動自發完成，光是看著她都覺得紓壓。」

「孩子就應該這麼養才對啊，唉！」

寫作業到深夜時，偶然聽到郭恩泰醫生叔叔夫妻倆低聲交談的內容，彷彿在我的滿腔熱忱上又澆了汽油。他們竟然如此信賴毫無血緣關係的我，願意全力替我加油，一股衝勁頓時往上竄升。就算他們要我去的不是英才學校，而是地獄，我也在所不辭。

時賢媽媽一臉興奮地要我去上論述補習班[3]。

「小雪，其他孩子都在小學低年級就上完了，最好趁現在趕快補上，因為上國中後，妳就會忙得沒有時間看書了。」

看到時賢媽媽那張美麗的臉，我就會滿腦子想著不可以讓她失望，只能一個勁地點頭。論述補習班的經理，反應也和 Deep Brain 的經理相去不遠。

「主要都是讀教科書上介紹過的作品呢。總之啊，再怎麼聰明，一個人讀書的效果還是有限。小雪，妳馬上就要成為國中生了，現在應該跨越以興趣為主的讀書階段，該開始讀一些有深度的書籍了。」

我必須閱讀的書是以色列歷史學者哈拉瑞所著的《人類大歷史》，它足足有三本書合起來那麼厚。我很懷疑是不是買錯書了，但確實是這本沒錯。儘管我心想，這好像不是小學生該讀的書吧？但立刻自問自答：「畢竟現在過的生活和以前不一樣了。」這本書雖然厚重，但我把它帶去學校，休息時間就抽空閱讀。我對自己能閱讀這種書感到得意洋洋，甚至上網找了不知道的資料來補充，看到這樣的我，時賢也懶得嘲笑我。

「英文一定要讀，小雪，現在不是靠妳自己讀就夠了，應該要有系統地學習。」

雖然課業老早就已經超越我能承受的範圍，但英文絕對不能屏除在外。經測驗結果，我的閱讀和寫作能力等級進入非常前段的區間，甚至比時賢更前面。至於口說，就等緘默症痊癒後再測驗。

「她是自學的？」

「聽說她自己讀完了《飢餓遊戲》英文版，這就是全部了。」

3「論述」是韓國大學入學考試科目之一，需閱讀文章，再針對主題進行有邏輯條理的論述。

看到我異常高的英語等級，補習班的老師們交頭接耳，他們尤其關注我幾乎不懂所有詞彙和文法，卻能幾乎答對所有答案。他們好像期待我會透露什麼訣竅，但很抱歉，我患有緘默症，所以完全無法解釋，就算我能說話好了，也沒有訣竅這回事。看起來正確，只是因為讀起來很自然，而看起來錯誤，也只是因為看起來有些怪怪的罷了。

舉例來說，凱妮絲為自己再次參加飢餓遊戲感到懊悔。「If I had just killed myself with those berries, none of this would've happened.」即便沒有人替我分析、解釋那個句子，我也能知道她是在後悔，假如當初能夠吃下毒莓自殺，就不會經歷這種事了，而不會有任何混淆或誤認。我完全不懂假設語氣或條件句，也不知道過去分詞和現在完成式是什麼。我完全無法解釋為什麼對或錯，只覺得後悔時就是那樣說話的，反倒是別人刨根究底地追問緣由，讓我覺得很詭異。聽到「這是與過去事實相反的過去完成式，所以必須使用『If + 主詞 + had + 過去分詞，主詞 + would, could, should + have + 過去分詞』」的解釋後，我反而覺得自己彷彿掉到了外星球，什麼都聽不懂。凱妮絲感到後悔，我只認為這樣想很方便。

「孩子真的很會觀察呢，選答案的直覺很敏銳。雖然到目前為止可以靠小聰明取得好成績，但隨著水準拉高，就會碰到極限，必須有系統地補充文法和詞彙才行。」我感受英語的方式，全被說成是觀察和小聰明。

因為我比其他孩子落後太多，於是給了我分量驚人的作業。我好像不能吃飯、不能睡覺，只能拚命背單字和文法了。看到患了緘默症的我還會喃喃背誦單字，時賢很無言地哼了一聲。

我開始上數理、論述和英語補習班，但三間補習班像在跟彼此競爭似的，作業排山倒海而來，完全不考慮我除了上學，還要補其他科目的處境，只會拉高嗓門強調自己的科目是最緊急重要的。現在才正要開始，我卻已經覺得要被淹沒了。我偷瞄其他同學是怎麼做到這一切的，但他們似乎都把這些視為稀鬆平常，只有我受到驚嚇、充滿恐懼。

放學後，看到一定會在校門前等我的轎車時，我吃了一驚。只要車停在校門前，我就不得不搭上車。我後來才明白，原來這是一種就連回家時想搭地鐵、搭公車或走路回家等小事都無法決定、毫無選擇的人生。我開始覺得自在與安樂逐漸變成勒住脖子的枷鎖，而我，也在不知不覺中成了毫無悸動、漠然搭上車的孩子之一。每天都一成不變，差別只在於我和時賢搭的車子是前往哪間補習班，大約五十公尺的差距而已。

「小雪果然很了不起，請看看她的眼神，充滿了意志力。」

「我認為我們的學生都應該要向小雪學習這一點。」

因為我認定作業這種東西就一定要寫完，所以拚命想要完成堆積如山的作業。大人看到我突飛猛進的成績後，開心地互相分享喜悅。雖然我很慶幸目前還沒有讓他們失望，但想把每件事做到十全十美是不可能的，這不是意志或實力的問題，而是時間問題。以時間來說，根本就不可能辦到。

我向補習班要求減少作業，結果老師嚇壞了，同時得到這個結論——因為我起步太晚，想要跟上其他人，就應該做更多。我不知道自己要跟上什麼，也不知道該追到什麼程度，倒是和其他同學一樣，學到了有的要敷衍了事，有的則是抄別人答案的技術。我長久以來珍貴的驕傲變得四分五裂，取而代之的是我的技倆會被拆穿的不安。

在無形中，我覺得自己活在被追趕的焦躁中，但為了住在窗外有雲朵飄動的美麗建築裡，我想自己至少必須付出這些努力。我得到了夢想中的優秀父母，而郭恩泰醫生叔叔夫妻倆得到了夢想中的優秀女兒，這樣的喜悅抵銷了一切的辛苦。只是，生來就是郭恩泰醫生叔叔兒子的時賢，卻不費吹灰之力就獲得了住在這個家的權利，所以並沒有參與這份喜悅和努力。

時賢的房間沒有門把，所以小白狗向量能用鼻梁推門自由進出，但除了向量，沒有人靠近那個孩子。即便郭恩泰醫生叔叔大吼，時賢媽媽修改規則，約定好要給時賢其他獎勵，時賢仍像座無人居住的孤島，獨自在那遙遠的不滿之海上搖曳。在我到來前的許久之前，那片海洋就一直波濤洶湧，除了用鼻梁開門的向量，誰都無法碰觸那座島嶼。

「你到底缺了什麼?!你有哪一次對自己享受的一切心存感謝?要是我能夠像你一樣成長……真是作夢也想不到會生出你這樣的兒子!」對時賢大吼的郭恩泰醫生叔叔,好像從未見過的陌生人。

轉學到宇上小學,初次見到時賢時,我很好奇郭恩泰醫生叔叔知不知道時賢是這麼惡劣、狠毒的孩子,但如今我好奇的,卻是時賢知道溫谷洞的郭恩泰醫生叔叔是什麼樣子嗎?我指的是,為自己分毫不差的手指體溫計感到自豪,在診間跳著屁屁舞,以愉快的玩笑和始終如一的關心,為生病的孩子和母親帶來歡笑與片刻放鬆的那個醫生叔叔。

「時賢啊,爸爸雖然環境艱苦,但也認真讀書,成為了很優秀的醫生啊!爸爸沒有得到父母的任何幫助,靠自己的力量賺了所有學費,認真讀書。你有在聽嗎?如果你想像爸爸一樣成為優秀的人,就要認真做才行。只有用心度過每一天的人,才能擁有好的職業,幸福地生活下去。時賢,你有在聽媽媽說話嗎?郭時賢,你要繼續這樣嗎?」

時賢媽媽每天陰晴不定,時而打開 wifi,時而把電源關掉,有時會允許時賢使用平板電腦,有時又禁止他使用。有時她會笑著安撫時賢,有時又斥責著奪走他手上的東西。於是,我學會了根據當天補習班的課程、時賢的心情、郭恩泰醫生叔叔的表情、天氣、向量的排便情況，以及時賢媽媽愛看的電視節目做出綜合考量，占卜今天會是什麼樣的日子。儘管我的身體長了無數觸角，命中率卻不怎麼高。

當我打算看喜歡的網路漫畫，打開電腦，卻跳出沒有網路連線的訊息時，強烈的煩躁感就會湧上心頭。在沒有網路和平板電腦的阿姨家時，我還不覺得有多悶，但在被各種尖端科技包圍的時賢家中，只要wifi關掉，就覺得好像快發瘋了。這是需要大發雷霆的事嗎？就連我都不禁感到神奇。郭恩泰醫生叔叔夫妻倆雖把我當成公主般呵護，但我畢竟是寄人籬下，一舉一動都很小心翼翼。假如我是郭恩泰醫生叔叔的親生女兒，搞不好我也會像時賢一樣狠狠踢門板一腳。光從完全無法掌控、開開關關的wifi，我就多少能理解，為什麼時賢每天都會呈現半抓狂狀態了。

「小雪在數理方面確實很有天分，現在還不晚，請轉換到英才學校的跑道吧，小雪媽媽。」

「小雪的邏輯性很強，思考能力也很豐富多元，國際國中可說是適得其所呀，小雪媽媽。」

「根據這個月評量考試結果，小雪被編入特別班，請媽媽您務必要好好管理孩子的課業。」

眼見上國中的日子即將到來，每間補習班都聲嘶力竭地吶喊。我們各自為符合自己喜好的路而瘋狂。我為了能在全新人生中存活下來的奮鬥瘋狂；郭恩泰醫生叔叔為時賢瘋狂；時賢媽媽為wifi瘋狂；而本來就已經很瘋狂的時賢，甚至是看起來最正常的一個。看到徹底瘋狂失控的我們，時賢露出冰冷的嘲諷表情。

有一天，時賢媽媽沒有將車子駛向補習班，而是去了別的地方。

「今天要吃豪華大餐喔，因為今天是時賢爸爸的生日。」

我們去了韓國第一高樓的餐廳，細長的河水在窗外靜靜流淌，傍晚的夕陽閃閃發光，橫跨漢江的多座橋梁盡收眼底，火紅與黃澄澄的楓葉覆蓋在河畔。這間餐廳視野最好的正是我們坐的這一桌，而我，與任誰見到他們的美麗外貌，都會忍不住瞪大眼睛的三人坐在一起。

「這裡很漂亮吧？聽說是世界上最高的龍蝦餐廳。」

「哇！這裡真的好酷。」

美景和時髦空間似乎擁有令人感到幸福的力量。郭恩泰醫生叔叔難得露出開懷的笑容，也很少看到時賢的心情這麼好，負責預約餐廳的是時賢媽媽，她的臉上也綻放笑顏。

「已經秋天了呢，時間過得真快啊。轉眼你就要小學畢業，成為國中生了。時賢，有好好在為上國中做準備吧？」

「嗯。」

「要充實地度過小學最後的時光，知道嗎？」

「嗯。」

「你做了什麼準備？」

「時賢，別回答得這麼簡短。」

「很多。」

「……藝術發表會那天，爸爸會來嗎？」

「嗯？」

「那是最後一場表演，爸爸能來嗎？」

「我看一下日期……」

「是二十六號，上次不是講過了嗎？」

「二十六號？那天不是Deep Brain特別班選拔考試的日子嗎？」

「表演結束再去不就好了。」

「這天這麼重要，你把心思放在表演上，能集中注意力考試嗎？」

「吼，算了！」

時賢隨即把怒氣沖沖的目光丟向窗外。難得的對話戛然而止，郭恩泰醫生叔叔則板起臉孔盯著時賢，只有時賢媽媽竭力想要收拾這嚴肅的氣氛。

「時賢啊，今天爸爸生日，我們就開開心心地聊天，好嗎？」

「吼，我又怎麼了？」

「你別這樣，我們一家人難得外食嘛。」
「誰是一家人了？」
「郭時賢。」
「老公，趕快吃飯吧，你就別計較了。」
「你現在是什麼意思？什麼叫『誰是一家人』？」
「好啦，知道了啦。」
「難得來這裡，非得被你搞成這樣嗎？」
「誰說想來了？」
「別說了！為什麼每次都這樣？」
「是啊，都是因為我吧？我知道了。」
「郭時賢！別再說了！」
「不然是因為誰？」
「你真是……！」
砰！郭恩泰醫生叔叔重重拍了一下餐桌，握緊巨大的拳頭，在黑黑的鬍渣下，下巴和喉頭的肌肉咯吱咯吱地顫抖。郭恩泰醫生叔叔真的好可怕，可怕到我腦中自動浮現了「真希望醫生叔叔的塊頭變小一點就好了」的念頭。看到那麼嚇人的模樣，卻不甘示弱地瞪著他的時賢也不太正常。

一隻龐大的龍蝦被放在我們宛如南極冰層的桌面上，生日蛋糕也緊接著上桌。店員將一根小小的蠟燭漂亮地擺在龍蝦的大螯足旁邊。今天是郭恩泰醫生叔叔的生日，我們全都茫然地望著生日蛋糕。店員手裡拿著相機，神情與動作顯得很猶豫，要求此時此刻的我們拍照，真是太過分了。因為實在太過強人所難，就連生日快樂歌好像也應該由龍蝦來唱才對。

郭恩泰醫生叔叔怒視時賢媽媽，而時賢媽媽彷彿被那眼神刺到，不厭其煩地向時賢說明家人的愛，以及英才學校特別班選拔考試的重要性。

時賢開始嫌棄龍蝦一點都不好吃，惹爸媽傷心，同時朝我露出鋒利的嘲諷笑容，提醒我「我們並不是一家人」。

我被放在以視線串聯的食物鏈尾端，不知道能看向誰。好希望自己身在別處，而不是在這裡，最好能從這世上消失不見。當圍繞在我身邊的人發脾氣時，我就會莫名其妙地認為是因為我。在這麼高檔的餐廳，眼前擱著美味的龍蝦，時賢與爸媽卻互相瞪著彼此的原因，會不會是因為我在這裡？會不會是我身上到現在還殘留了些許廚餘的味道，才讓大家變得瘋狂？我不禁越來越害怕，一旦產生那種想法，就很難擺脫它們。我開始覺得好像真的有一股廚餘味飄散在空氣中。於是，我凝視著在龍蝦上搖曳的燭火，思緒徹底陷入別的事情上。

院長的七十大壽，弟弟、妹妹有來祝賀嗎？

窗外秋高氣爽，楓葉有紅、有黃、有綠，是個在療養院前院搭起涼棚設宴的好天氣，想必宴席上的年糕和雜菜一定堆得像座小山吧。我像是在享用年糕和雜菜般，將龍蝦緩緩放入口中咀嚼。迎接七十、八十大壽的老人家個個身穿韓服，他們的家人和子孫紛紛趴伏在地面，向長輩行大禮。老人家高興地摟抱孩子們的身影留存在照片中，有些家人則高唱感謝的歌曲。

在那裡的院長，會是何種模樣呢？

院長會在兄弟姐妹、禮物和花束的包圍下，露出幸福的笑容嗎？

我想不太起來院長的笑臉。年輕時髦的時候，院長常常笑，但自從進了療養院，總是在發脾氣。院長衝著我大吼、發火，因為我轉學到宇上小學後，沒辦法每科都拿滿分，也沒有替班導師擦書桌。院長說的都沒錯，我找不到能夠回答的說法，最後忍不住哭了。

喀啦。郭恩泰醫生叔叔的椅子被充滿怒氣的屁股推至後方，發出尖銳的聲響。我們在眾人的視線下吃著索然無味的龍蝦，最後連一半都沒吃完，就離開了餐廳。世界最高的龍蝦餐廳真的很不怎樣，所以我決定讓思緒繼續待在療養院。那天，儘管被院長臭罵一頓，哭得很慘也過得很辛苦，但無論如何都過去了，而這是因為我把它整理成自己可以承受的模樣。

阿姨告訴我，院長之所以生氣，是擔心兄弟姐妹不會來參加七旬壽宴。聽到原因不在於我沒有認真讀書，或是沒替班導師擦書桌後，我著實吃了一驚。那天，我領悟到別人對我生氣，其實有可能是基於別的原因。知道這件事後，原本籠罩在我內心的烏雲也一掃而空。要是現在能有人告訴我「這不是妳的錯」，我一定會很感激他。只要能知道他們發火的真正原因，傷痛就會跟著痊癒。

但沒有人說話，無論是誰開口，應該都會這麼說——就是因為妳。郭恩泰醫生叔叔向妻子投射盛怒的眼神，時賢媽媽訓斥自己的兒子，時賢則瞪著我。換句話說，就是因為我的緣故。我安靜地承受此時沉默的指責，決定慢慢尋找隱藏其中的緣由。我很吃力地在心中低喃，一定不是因為我，一定有其他原因，大家對某個人發脾氣時，真正的原因是在於毫無關聯的地方。阿姨教導我的這個驚人祕密，成了我此時能承受這痛苦罪惡感的唯一力量。

那天晚上，我刷牙到一半，腦中突然浮現一個念頭：那麼，郭恩泰醫生叔叔發脾氣，有可能不是因為時賢。我左思右想，都覺得這個想法沒有任何邏輯上的錯誤。

7

無論是規模或水準，宇上小學的冬季才藝發表會都與我所知道的小學發表會截然不同。我在聽完管弦樂團的演奏後大開了眼界，不只因為同學穿上禮服與燕尾服，就連演奏水準也無可挑剔，簡直媲美專業樂團。

由於我太晚才轉學，沒有適合加入的社團，加上連音樂跳繩班的水準都堪比馬戲團，所以也擠不進去。最後，我以至少沒有走音、影響長笛演奏班的程度結束了發表會，接著就只負責觀賞其他同學的高水準演出。確實如校長拍胸脯保證的，芭蕾、話劇和音樂劇全都是專業水準。就算不清楚所謂專業水準是什麼程度，也知道一定與溫谷小學的發表會有著天壤之別。才這麼小的孩子就已經有這麼高的程度，未來他們又會與一般人產生多大的差距？我忍不住感到恐懼，也更迫切地認為，絕對不能放掉這條宛如奇蹟般的黃金繩索。

時賢屬於偶像舞蹈團體，是最後登臺的。原本漆黑的燈光瞬間綻放光芒，我們的視網膜短暫麻痺了一會，接著看到時賢猶如蜘蛛般的四肢剪影時，大家便瘋狂地大聲嘶吼。這真的很出人意表，姑且不論其他同學，畢竟我和時賢同住一個屋簷下，無論是黏著眼屎的眼睛或嘴角乾掉的紅色湯汁，都已經見怪不怪了，我以為自己不會再為時賢的帥氣外表瘋狂或小鹿亂撞，但在認出站在舞臺上的人是誰之前，我就已經開始忘情吶喊。時賢身上有種令人自動束手就擒的力量，而那股力量要比我想像得更加、更加強烈。

時賢是個野心勃勃的孩子，哪怕是錯過一個人的目光，都會心有不甘。雖然舞臺上有五個男生，但我們的目光全都集中在時賢身上。我從時賢身上第一次知道，原來人的手腕和腰部的動作，還有手肘和肩膀的線條可以如此優美、具有力道。先前淨化我們心靈的古典樂已被徹底拋到腦後。我們學校的同學似乎都知道，之所以會用這種方式結束今天的發表會，其他人付出的這麼多辛苦，都只是為了讓時賢的壓軸表演更加耀眼。

等一下，我剛才是說了「我們學校」嗎？這間倒人胃口的宇上小學是我們學校？怎麼回事？我瘋了嗎？我夾在表演結束後，感動地走出體育館的人群中，為自己的想法感到傻眼。可是，我的愚蠢還不僅止於此，我不但把這間學校稱為「我們學校」，認同這些正在啜泣的人是我的同學，等一下要和時賢搭乘同一輛車回到同一個家，也令我洋洋得意極了。

發表會結束後，為了和時賢拍照，全校同學都一擁而上。為了抑制自己想衝上去的衝動，我的雙腿扭來扭去。好想朝時賢大喊，告訴他做得很好、很帥氣、他是最棒的，我覺得自己可以喊得比任何人都大聲。這是生平第一次，我羨慕起其他擁有智慧型手機的同學，他們都把時賢的樣子錄了下來，互傳影片欣賞。

時賢迎向一窩蜂湧上的粉絲時，碰巧和我四目相交，他讀出了我的眼神，輕輕地笑了。那絕對不是嘲笑，也不是自以為厲害的笑。因為在那一刻，那孩子是真的很厲害，所以絕對不能用裝厲害來形容他。那是很瞭解自己、心滿意足、自信滿滿的笑容，也是最適合那孩子的笑容。我一時為那笑容失了神，整個人被蜂擁而上的同學捲走，腳步也跟著踉蹌。這時，時賢迅速伸出了手。雖然只是一瞬間，但他及時抓住我，避免我跌倒，而且在他稍微閃了一下身體的同時，我好像還聽到他叫我小心。這個動作雖然很理所當然，但我認為其中肯定蘊含了暖意。我雖能避免狂跳不已的心臟被人發現，卻無法避免自己臉蛋發紅、發燙。瘋了。我暗自在心中低喃：「也太帥了吧。」

「時賢媽媽上輩子大概是拯救了宇宙，才會生出這種兒子。」

「偶像的媽媽，我們以後要好好相處喔。」

「好可惜啊，畢業後怎麼辦？以後看不到時賢的表演了。」

大家紛紛圍繞在時賢媽媽身邊，不斷給予祝賀與稱讚，時賢媽媽本人卻顯得很難堪。前來觀賞發表會的爸爸中，不見郭恩泰醫生叔叔的身影。我和時賢媽媽幫忙拿著時賢收到的成堆花束和禮物，吃力地朝車子的方向邁開步伐。

「發表會太晚結束了，今天可是特別班評量考試的日子呢。」

不覺得今天的時賢帥氣十足嗎？雖然我經常把時賢視為仇人，恨得牙癢癢，甚至還曾經認為他是個惡魔，但說句真心話，他今天真的很帥。在我看來時賢都這麼帥氣了，這應該是很了不得的事才對，但那令全場為之瘋狂的演出才剛結束，時賢媽媽卻好像一點都不開心，美麗的臉蛋因焦躁而僵硬。至少今天，不該以時賢為傲嗎？假如連今天都不值得開心，那什麼時候才要開心呢？

「小雪，只要孩子都像妳一樣聰明又面面俱到，當媽媽該有多輕鬆呢？我們時賢馬上就要升上國中了，真不曉得他什麼時候才會懂事。」

無論傳再多訊息，時賢都沒有回應。其實，早在智慧型手機被沒收後，時賢就一眼都不看舊型手機了。時賢媽媽與我無聲地在沒有時賢的車上等待。打了幾通沒人接聽的電話後，最後時賢媽媽突然淚灑車內。

「啊，養兒子真的太辛苦了。」

郭恩泰醫生叔叔沒有來看兒子的精采演出，而時賢媽媽根本不把那種表演當一回事，自顧自地哭泣。我想起之前在世界最高的龍蝦餐廳時，時賢撇著嘴說龍蝦不好吃的事。最高檔的東西就放在他們面前，他們卻搖手說這一點都不好。所謂家人，是我終究無法理解的奇怪世界。最後，時賢媽媽拜託恩秀媽媽送我去補習班，一個人跑去找時賢了。無法說話的我坐在汽車後座，默默聽著恩秀和他媽媽兩人的對話。

「為什麼一直要求時賢讀書咧？培養他當偶像應該很好啊。」

「因為想把時賢培養成像他爸爸一樣的醫生啊。」

「偶像賺的錢比醫生多吧？」

「你以為要成為真正的偶像有這麼容易啊？」

「如果是時賢，應該做得到吧？時賢可以成為偶像明星的！」

「是啊，像時賢這樣的孩子，應該去當藝人，因為他才華洋溢。可是，恩秀小朋友呢，沒有成為偶像的可能，所以今天請在選拔考試好好表現喔。」

在Deep Brain補習班，英才學校升學特別班的選拔考試比什麼都重要。儘管直到不久前，我都還不曉得有這種世界存在，它在這個社區卻是最重要的大事。無論是郭恩泰醫生叔叔或時賢媽媽，都迫切地期盼我們能被錄取。這件事最重要，其他都無關緊要。

孩子們魚貫走進考場，而期盼子女能在選拔考試中錄取的父母，則在走廊來回踱步。時賢和我被分配到不同教室，進入考場後，我的腦袋一片混亂。時賢媽媽找到時賢了嗎？時賢能考好嗎？假如時賢落榜了，只有我考上，時賢的父母會不會心情很差？可是萬一是我落榜，不就不能成為時賢的榜樣了嗎？我究竟該考上，還是該落榜呢？如果是AlphaGo，能不能算出一著神來之筆？

我還是第一次有這種心情。我和時賢，以奇怪的方式糾纏在一起。這場考試似乎不是屬於我的考試。考卷發下來後，整間教室充斥眾人沙沙提筆解題的聲音。但寫完名字後，我就再也寫不出任何東西，也無法思考。看著考卷上奇妙的彎曲圖案後，只愣愣地覺得就像另一個世界，接著我冷不防想起在草葉育幼院時經常把玩的三角形玩具。雖然只是個平凡的直角，但只要有技巧地將每一節轉來轉去，就可以自由地轉換成塔的形狀、龍捲風的形狀和球的形狀。可以把每一節分解拆開，也可以連成一條線。我超級喜歡那個神奇的玩具，經常把它轉成各式形狀。我發現考卷上畫的圖形，原理和那個很類似，因此開始感到興致勃勃。

把第六格往左邊轉兩次，就算以縱軸為中心反轉，也會變成相同的形狀。

儘管其他計算複雜的問題完全沒動，但我在腦中不斷扭轉圖形，把能解的題目都解完了。我忘記了剛開始雜亂的心情，覺得題目就像拼圖般有趣極了。我想，既然我能做的都做了，不管有沒有錄取都跟我無關了。就在我帶著彷彿能哼起歌的奇妙興致走出考場，和時賢媽媽四目相交的瞬間，我又回到了現實。時賢媽媽正在走廊上默默流淚。

「時賢太晚進去考試了，小雪，這該怎麼辦？」

時賢悶悶不樂地走出考場。原本將他襯托成精靈般的華麗舞臺妝都花了，變得狼狽不堪。就連在舞臺上，使他發光發熱的活力也蕩然無存。我雖然想悄悄地朝時賢豎起兩根大拇指，但他一直對我視而不見。我覺得心好痛。時賢媽媽打電話四處打聽考題如何，收集其他孩子考得怎麼樣的情報。我們坐在汽車後座，各自望著不同側的窗外風景。

郭恩泰醫生叔叔很早就下班，所以比我們早回到家。醫生叔叔很少這麼早就下班，我一眼就可以看出，他的心情比任何時候都要更惡劣。

時賢媽媽著急地連聲辯解：「聽說考題非常難，大家都嚇壞了，解不開的題目也很多。雖然時賢進去的時間有點晚……」

「妳不用說了，小雪進房去，今天我要和時賢談一談。」郭恩泰醫生叔叔打斷時賢媽媽的話，口氣很生硬地說。

我聽話地進了自己房間，然後衝動地鎖上了門。因為我的房間還留有門把，而門能夠鎖上也是一種特權。不知從何時開始，這個擺放床鋪、書桌以及衣櫃放滿漂亮衣服的房間變得一點都不溫馨舒適了。儘管窗外放眼望去有河流和樹林，我曾經覺得就像是爬到巨人肩上般神奇，但體驗在巨人肩膀上生活過後，我發現也不怎麼樣。

「你究竟在想什麼？不知道今天的考試很重要嗎？」

「我又不是故意的！只是要和同學們拍一下照……」

門是鎖上了，但全家人的對話一字不漏地傳進我的耳朵。郭恩泰醫生叔叔的嗓門很響亮，沒有半點通融餘地，時賢的聲音隨即參雜了哽咽。講話這麼大聲，向量一定很害怕，我忍不住想，剛才應該把牠帶進房裡的。在這種時候，如果能緊緊抱住向量，好像就能帶來莫大安慰。

「沒人說你不能表演和拍照啊！爸爸不是都忍下來了嗎？那你至少也該要有分辨的能力吧！就是因為你每次都越界，引發這種問題，爸爸才生氣啊！」

「這是最後一場演出了啊！其他同學都說今天要去遊樂園的星光場，就只有我要考試不能去！」

「其他同學有這麼重要？你都不用想想你的人生嗎？」

「所以我去考試，沒有跟他們去啊！只是不小心稍微晚了一點……」

「你到現在還分不清楚哪件事才重要嗎？既然演出結束了，就讓它結束啊！你因為它搞砸重要的考試，也違背了所有約定，爸爸要怎麼相信你！」

「真過分！我也很認真啊！卻從不肯定我！每次都只會說不相信我！」

「腦袋空空，只喜歡跳舞和裝帥，就連一丁點正確的判斷力都沒有，是要我怎麼肯定你？」

「算了！我不想跟爸爸說話！爸爸就只需要她那種會讀書的孩子就夠了嘛！一點也不想要有像我這樣的兒子嘛！」

我聽見沒有門把的房門大力搖晃著，時賢穿越大廳的腳步聲，以及他呼喊

「向量！向量！」的聲音。時賢生氣時經常帶向量去公園，但向量沒有奔向時賢。

「向量不在了。」

我聽見郭恩泰醫生叔叔的聲音。

「一開始不就說好了嗎？認真讀書就能養小狗，但你沒有遵守約定，所以你沒有養向量的資格。」

我彷彿聽到時賢情緒激動地哭喊了一句什麼。

向量不在了。我整個人頓時被困在剛才聽到的那句話中。

向量是隻全身毛茸茸的小白狗，也是為了考上英才學校，我們必須學習的最後一個單元主題。這是起初以用功讀書為條件才帶回家的狗，遵守約定才是對的，時賢非得用功讀書不可。郭恩泰醫生叔叔說，因為時賢沒有用功讀書，打破了說好要養狗的約定，我怎麼想，都覺得這番話在邏輯上沒有任何錯誤，可是我的眼前卻一片發白，鼓膜內好像有什麼逐漸膨脹，就像快炸開來似的，連呼吸都覺得困難。就像在學校初次看到那受詛咒的影片時一樣，如果我想要呼吸，就必須揪緊全身上下的每條肌肉，有股如猛獸哭號般的悲鳴從胸口湧上來。

要是繼續獨自待在這個房間，我覺得自己可能會窒息而死，所以急忙想奪門而出。但我打不開門，只能用像是要把門拆了的氣勢大力搖晃，還用腳踹門，大吼著「把門打開」。最後我才發現是自己剛才把門鎖上了。我解開門栓，打開門，隨即看到郭恩泰醫生叔叔驚嚇的臉，他身上還穿著圓T和睡衣。

轉眼間，我已經把雙排牙齒和指甲掛在郭恩泰醫生叔叔如樹幹般的手臂上，儘管放聲吶喊的喉嚨中嘗到了鮮血的味道，我仍只覺得聲音無比遙遠。無論怎麼抓撓醫生叔叔的身體，指甲仍毫無知覺，好像那是屬於別人的一樣，我更加發起狠來，加重指甲和牙齒的力道。緘默症，不知在何時徹底痊癒了，我扯開嗓門大吼：

「太過分了！哪有這樣的？你沒有養孩子的資格！你沒有！你才沒有！」

我兩眼翻白，抓狂似的朝醫生叔叔的手臂又抓又咬，甚至試圖勒住他的脖子，只是最後失敗了。接著下一刻，我便獨自在黑漆漆的街上徘徊了。儘管我大吵大鬧後逃了出來，但郭恩泰醫生叔叔總不會死在我手中吧？我想不起來，最後的畫面究竟是醫生叔叔暈過去、失去意識，或只是覺得很癢，所以鼻子發出輕笑聲，等我回過神來，自己已經在夜晚的街上奔跑了。

早知道至少把皮夾帶出來，不，好歹也帶件可以披在外頭的衣服。不知不覺間，秋意漸濃，晚風也變得清冷起來。時賢媽媽給我的零用錢充裕到讓我大吃一驚，但我沒有帶皮夾，等於是畫中的大餅，看得到卻吃不著。我雖然成了有錢人家的女兒，卻一次也沒有用那筆錢的機會。

我一點都不想回時賢家，不過，阿姨家也不是什麼好選項。如果那些人想要尋找跑掉的我，一定會最先去溫谷洞。而且，我也不想回阿姨家。大家都很輕易就把狗拋棄了，包圍我的不是寒意，而是憤怒。我邊哭邊走著，好希望自己能像阿寇與向量那樣，消失在這個世界上。

世界，就和過往一模一樣。為了尋找逃家的女孩，探照燈的光芒在空中揮舞，警察吹著哨子在街上奔馳的情景並沒有發生。我小心翼翼地避免引人注意，沿著社區的小路走。在社區健身中心後方有一個被丟棄的花盆，而我先前藏在裡頭的應急金，仍皺巴巴地放在原處。教我在住家外頭的祕密場所藏應急金的人是阿姨，阿姨家前面的花盆下，想必也有我事先藏好的三萬元。一想到猶如圓嘟嘟的金魚般動作遲鈍的阿姨，又不由得怒火中燒。現在不管看到什麼、想到什麼，除了憤怒，我什麼都感覺不到。我低頭看著握在手中的三萬元，卻想不出下一步該怎麼做。

我要去找阿寇。

那是我這輩子最棒的點子了。

阿姨說，阿寇被送到鄉下有大庭院、認識的人家裡去了，說牠在那兒盡情跑跳、過著很幸福的日子，還說小狗要蹦蹦跳跳的才會幸福。阿姨雖然沒有準確告訴我鄉下是在哪裡，不過我突然變得精神高昂，一眼就看透了阿姨吞吞吐吐、極力掩藏的模糊資訊背後隱藏的細微涵義。

阿寇在通百里。

通百食堂的奶奶把餐廳過繼給大女兒後就去了鄉下，聽說奶奶在有大院子的屋子旁栽種了一片菜園。因為貓咪經常在倉庫生小寶寶，奶奶很頭疼，總說要去找條狗來。既然叫作通百食堂，奶奶的故鄉當然就是通百里，阿寇此時正在通百里的一間屋子裡，過著追逐貓咪的日子。

只要我去通百里，就可以見到阿寇了。見到面後該怎麼辦，我倒是沒有計畫，只要找到阿寇、見到牠就夠了。假如真如阿姨所說，阿寇在鄉下的寬敞庭院跑跳、過著幸福的日子，那也很好。阿寇搞不好會埋怨我，所以我一定要告訴阿寇，不是我遺棄你的，再轉身離開。

假如阿寇也很想念我，又過得很不幸，我就會和阿寇一起離開，因為阿寇是我的狗狗，我們會一起挨餓、一起死翹翹。不過，這個世界搞不好會任由我和阿寇一起餓死。警察或保護中心那種地方一定會拆散我和阿寇，因為他們看到的，不過就是一個無父無母的野丫頭，以及一隻生性膽小的雜種狗，才不會懂我們愛著彼此或不想分開的苦衷。他們在乎的只有要讓我吃飯，讓我能夠呼吸和活下來罷了，就算我再解釋一百次，我不想過沒有阿寇的生活，他們也不會懂。

假如我又被抓回草葉育幼院、阿姨家、時賢家，或是又遇見其他寄養家庭，還不如死了算了。我是真心的，我再也不需要什麼虛假的家庭，如今我也知道真正的家庭是什麼樣子了，那和廚餘桶不相上下。

我打算搭高速巴士到橫城，接著轉搭前往通百里的公車。我記得曾聽過通百食堂的奶奶說她是這樣往來首爾的。我在高速巴士總站休息室的電視前打著瞌睡，天亮後，便用花盆底下的三萬元買了車票。我獨自坐在巴士上，正享受著瞞過全世界的勝利滋味，郭恩泰醫生叔叔夫妻卻冷不防地出現。後來我才知道，原來是大人們不動聲色地騙了我。他們給了我假車票，讓我坐上巴士，接著向警察通報有孩子離家出走。我津津有味地吃著在超商買的熱狗，有點困惑巴士出發的時間好像遲了一些，結果眼前突然闖入郭恩泰醫生叔叔夫妻的身影。

我很堅持這兩人不是我的父母，絕對不跟他們走，最後被警察彈了一下額頭。因為很怕熱，直到昨天為止還穿著短袖的郭恩泰醫生叔叔，也終於穿上了長袖襯衫，襯衫下隱隱透出遮住我咬痕的一大片繃帶，兩人都一臉憔悴。但我沒有道歉，儘管被發現我的緘默症早已痊癒，現在我不只能叫得很大聲，也很會罵人，但當他們問我昨晚睡在哪裡，皮夾也沒有帶走，錢又是打哪來時，我一概沒有回答。

「小雪，向量沒事，我們只是拜託動物醫院幫我們照顧一天。」

「是我太過分了，我們不會遺棄向量的，只是希望時賢發奮圖強才那樣說。我已經向時賢道歉，對小雪妳也真的很抱歉，請接受我們的歉意。」

我並不打算接受郭恩泰醫生叔叔的道歉。無論是他說沒有打算遺棄向量，或是保證不會遺棄向量，我一概不相信。大人總是找盡各種拋棄小狗的理由。只要時賢搞砸重要的考試，向量就會再次被拋棄：如果時賢持續不讀書，我也會落得與向量相同的下場。我不曉得向量的命運會變得如何，因為向量不是我的狗狗。對我來說，阿寇才重要，我的狗狗阿寇還在通百里等我，而我無論如何都要去找阿寇。

這時，阿姨現身了，她依然穿著那件老舊的冬季外套，一副老糊塗的樣子。阿姨一個箭步衝上來想抱住我，但發現我瞪著她後，張開的雙臂隨即放了下來。

「阿姨，我實在沒臉見您，我沒有好好照顧小雪……因為我，小雪又受了許多傷害。」

阿姨只是愣愣地望著我竄出兩枚藍色火苗的眼神。

「小雪……到現在還是不說話嗎？」

「昨天有說話，現在好像是因為生我的氣才這樣。」

但我現在怨恨的不是郭恩泰醫生叔叔，而是阿姨。我根本不在乎郭恩泰醫生叔叔怎樣，反正他又不是我的阿姨。阿姨是我的阿姨，而我在世界上最討厭的就是阿姨。

「小雪，妳說，妳本來想去哪裡？」

「妳買了去橫城的票，但去了橫城後打算做什麼？」

聽到橫城兩個字，阿姨的臉頓時抽搐了一下。

「橫城？」

阿姨是這個世界上最愚蠢、最像笨蛋也最壞的人了。昨晚使我眼前一片發白、如烈火般覆蓋整個世界的憤怒又再度沸騰。我想用比昨天更蠻橫，比對待郭恩泰醫生叔叔還兇狠一百倍的力道，更殘暴地咬阿姨的手臂、狠抓她的身體、勒住她的脖子。

「小雪……妳去橫城，是打算去找通百食堂的奶奶嗎？」

是啊，她還知道自己做的壞事啊。見到那副模樣，我更加氣憤，整個人就快要原地爆炸了。

「去看……阿寇？」

聽到阿姨口中說出那個名字，我再也無法忍受，從我喉頭湧上尖叫聲與鮮血的氣味。我想別過頭去，卻克制不了爆發出來的吶喊。

「是啊！阿寇！阿姨把阿寇帶去丟掉了吧？我都已經回阿姨家了，也不把牠帶回來！阿姨是大騙子，是世界上最壞的人！我討厭阿姨！我要去找阿寇！」

8

我的孩子小雪，

請原諒阿姨過去對妳說的所有謊言。

阿姨是什麼都沒學過的無知粗人，說來慚愧，阿姨連國中都沒有讀完，就連有點學識的人能輕鬆處理的簡單問題，阿姨都經常手忙腳亂，覺得好困難。而真的不知道該怎麼辦時，阿姨常常會說謊，因為無論如何都必須蒙混過關，也不知道怎麼做才能當個厚道正直的人。

現在，阿姨好後悔對妳說那麼多謊言，阿姨不知道那會對妳造成更大的傷害，假如事先知道，就絕對不會那樣做。

哪怕是一點也好，阿姨也希望妳能少受點傷，才會用這顆不足的腦袋想盡各種謊言。其實，有時根本就來不及想出適當的謊言，就只能隨口胡謅了。去年夏天，安德森家族終止收養、妳回到家時就是這樣。

妳真的病得很嚴重，我好害怕妳會死掉。

阿姨一心只盼著妳能平安康復，也沒時間事先準備好答案。明明用膝蓋想也知道，等妳清醒之後，就一定會找阿寇……

我就是想法這麼短淺的人。

因為已經過了很久，也許說實話已經毫無意義，但既然已經跟妳約好不再說謊，所以我就告訴妳事實吧。

阿寇死了。

我實在不忍心告訴妳這個消息。

妳才十二歲，體重二十五公斤，就連一湯匙的水都無法吞嚥，全部吐了出來。我實在沒有勇氣對這樣的妳說：「阿寇死了。」因為我很害怕妳會連最後要活下去的勇氣都失去，跟著阿寇的腳步離開人世。

雖然現在對我的謊言懊悔莫及，但仔細想想，即便再次回到當時，我好像還是會說出這種愚蠢的謊言。

我實在沒辦法說出事實。

阿寇是隻聰明伶俐的狗，妳一離開，馬上就察覺發生了什麼事。牠並沒有以為妳只是去校外教學，或幾天後就會回來，那傢伙不停哭泣，不是那種汪汪叫或恐懼的嗚咽，而是真的哭了。

就是那種嗚嗚嗚，拉得很長、很悲痛的哭聲，那是妳在的時候從沒聽過的聲音。任誰看了，都知道阿寇一定和我一樣傷心。雖然知道阿寇很傷心，我卻沒有好好照料阿寇。

妳被安德森家族收養後，真不曉得我是怎麼走過來的，我一如往常在通百食堂工作，但不管做什麼都覺得四肢無力，身體輕飄飄的。我把還沒熟透的肉端給客人、打翻了托盤，甚至把滾燙的肉油灑在自己膝蓋上。

阿寇不怎麼吃飼料，我也只是漫不經心地想著，這傢伙又在難過了啊。我什麼想法都沒有，不知道該怎麼做。

妳也知道，阿寇是隻非常畏縮膽小的狗，牠不像一般的狗，會催促我們要去散步，或一直盯在玄關外頭看。

一直以來，阿寇就只跟妳一起去散步。因為阿寇喜歡的，是和妳一起共度的時光，牠才不在乎在外頭的世界亂逛亂繞。所以，我連阿寇離家出走了都不知道。

我像往常一樣在通百食堂挑紅蔥，結果花店的大姐跑來告訴我：「妳出來一下，前面有隻狗死掉了，好像是妳家的狗。」

「我們家的狗？阿寇？阿寇怎麼會……」

我一時很茫然，膝蓋不停發抖，花了好長時間才從矮凳上站起來。

死在街上的那隻狗，是阿寇沒錯，

洗衣店的鄭先生說，阿寇一大早就在商場和遊樂場一邊嗚咽、一邊遊蕩，因為看起來很危險，他想去抓阿寇，但阿寇都會迅速跑掉，後來，就被經過的汽車撞個正著。

雖然嘴角上有凝結的血跡，但樣子沒有太過悽慘。

我跟妳發誓，這句話是真的。假如阿寇的死相很慘，我也就不可能花那麼長時間，撫摸牠在幾天內就消瘦下來的側腰和亂蓬蓬的後頸了。

我自責過無數次，假如我早上有把門鎖好，阿寇就不會死了，但說真的，我好像能稍稍理解那隻狗的心情。

阿寇一定不想活在沒有妳的世界。換句話說，趁我不注意時偷偷跑出玄關時，阿寇早就已經下定決心了吧。

不是找到妳，就是一死。

牠是按照自己的想法離開了世上，阿寇最後的模樣看起來很安詳。

不瞞妳說，我認為阿寇要比我強多了，狗狗都很單純，所以有時要比人類更優秀出色。

這是阿寇的實際狀況，也是我一直隱瞞妳的事，我發誓，絕對沒有半點虛假。阿寇沒有去通百里，也沒有在奶奶寬闊的菜園裡蹦蹦跳跳，過著幸福的日子。

我在妳經常帶阿寇去散步的路上埋葬了阿寇，就在大樹蔭涼處的長椅後面，用一朵小花和小石子做了標記。

阿寇就是這樣死的。

既然答應妳不再說謊，我就應該遵守這個約定到最後，但我又想對妳說謊了。就像我過去做的那樣，只要能用謊言掩飾事實，我願意交出靈魂。

所謂的事實，好像是世上最令人害怕的，正因為它如此可怕，世界上才會有那麼多大騙子吧。我能夠理解那些說謊的人，太能感同身受了，因為此刻我好想說謊，想得都快發瘋了。

院長過世了。

當妳不經意地問起療養院的七旬壽宴辦得如何時，我再次想說出這世界上的所有謊言。

我的頭腦雖然不好，但總是能隨便編出點什麼，好比說住在美國的手足來參加了七旬壽宴，經過討論，決定把院長送到美國更好的療養院。我可以用謊言騙妳，直到妳年滿二十歲，甚至更久，就像我告訴妳，阿寇在通百里快樂地跑跳，院長也同樣在美國的兄弟姐妹圍繞中生活。

我所認識的院長，一輩子都是個孤苦伶仃的人，草葉育幼院就等於她的人生。

看來妳不相信院長很孤單這句話啊，也是，因為院長總是被許多人簇擁著。包括育幼院的孩子們、幼兒老師、行政機關的人員、志工，甚至是和我一樣的職員。

妳在草葉育幼院的那段時間，是院長人生的巔峰，妳在新年節目亮相，受到眾人矚目，有段時間草葉育幼院十分熱鬧，當時的院長看起來真的很幸福。她充滿朝氣的接受訪問、迎接捐款人的模樣，至今仍歷歷在目。

但人們的關注稍縱即逝，而且院長很快就生了病。進了療養院後，她的孤單日子也跟著開始，終生勞碌的人失去了活動的自由，那該有多孤單啊？所以院長才會越來越陰沉挑剔，變成妳記憶中最後的模樣。

院長肯定這麼想吧，如今自己年邁多病了，大家都對她不理不睬、拋棄她了。可是再看得更深入一些，她的孤單並不是始於療養院，從以前，她就是個孤單的人，只是因為一直很忙碌，穿梭於人群，才感覺不到自己的孤單。

我為什麼會這麼認為？因為在草葉育幼院時，我不曾看到有朋友或家人來找她。

人在忙於工作時總是如此，身旁總有許多人，也沒有理由和時間感到孤單，但工作一結束，見人的機會少了，獨處的時間逐漸增加。想要避免孤單，就必須要有摯愛的人在身邊，因為摯愛的人並不是有事才見面，是因為想見對方、在意對方而見面。

在療養院時，她才開始感到孤單。

我們深愛著她，所以每個月都去療養院探望她，但單憑我們的愛，無法填補她所有的時間。院長希望我們能更常去探望她，付出更多的愛，我們卻辦不到。

因為，妳覺得很痛苦。

每當前往療養院的週末到來，妳的話就會明顯變少，臉色也變得晦暗。院長總會強調「妳應該怎麼做」「這個很重要」「有沒有按照我的話去做」，這些話聽在年幼的妳耳中，一定非常痛苦吧？

令人驚訝的是，即便院長照顧了那麼多孩子，卻幾乎察覺不到小孩子緊繃的肩膀或輕聲嘆息背後的涵義。

但我並不是在說院長是個壞人。

院長非常傑出，我對她有無限的感謝，也十分尊敬、愛戴她。我之所以能夠遇見妳，妳能接受良好的教育，全是拜她所賜。

她到處尋求贊助與援助，用微薄的經費教育、餵養、拯救眾多孩子，在這方面的能力相當出眾。她也沒有將捐款公器私用，而是全部用在孩子身上。就算院長多少拿一點花在自己身上也無妨啊，但院長毫不吝惜地全數用在育幼院上。

但讓人意外的是，她其實非常不擅於付出與接受他人的愛。育幼院的孩子無不蒙受院長的恩澤，卻無法與她相親相愛。

她真正需要的，其實是愛啊。

因為她非常疼愛妳，才會總是讓妳待在院長室，時時刻刻要求妳讀書、解題目。和妳聊天時，院長總會問妳昨天看的書寫了什麼吧？倘若她能直接給妳一個溫暖的擁抱，躺在地板上往右翻滾三圈，再往左翻滾三圈，那該有多棒呢。如此一來，就連很少有笑容的臉，也會綻放出非常美麗動人的微笑吧。

妳搬進郭恩泰醫生的家後，我的思緒變得一團亂，就像當初沒發現阿寇從我的膝蓋底下逃出去時一樣，心思不知道飄去哪了。

我就這樣魂不守舍地去見了院長，想和比任何人都瞭解妳的人聊聊妳的事，像是妳髮根的自然捲特別嚴重，總是小心翼翼地用雙手捧著玻璃杯的個性，以及明明沒人說妳什麼，妳卻硬把自己從左撇子改成右撇子等，只有撫養過妳的人才能分享的話題。這些話聊久了，送妳走的痛苦心情似乎也得到了慰藉。

然而，當時的院長完全被自身的孤單蠶食了，問題就出在七旬壽宴。

院長雖然已經全身有氣無力，但對她來說，那是最重要的一件事，所以我認為也情有可原。就算不見得要聊妳的事，說說其他的，心情也會好轉。我要院長別太憂心，我會在她七十大壽那天拜訪，其他和院長共事多年的職員也不會忘記這件事，想讓院長安心。

可是那天，似乎無論說什麼都沒辦法讓她感到幸福。

「妳是說，小雪那天不能來嗎？」

儘管我向院長解釋，為什麼妳的身體尚未康復，卻只能急著送妳去郭恩泰醫生家，但她依然無法諒解。

「多虧我，她才能健康長大，擁有這麼好的家庭，自己肚子填飽了，就忘記別人的恩惠了是吧？」

換作從前，我會乖乖閉嘴，靜靜聽院長發牢騷，但那天我也按捺不住了，我的心也已經潰爛發黑了。

「什麼好家庭？我還覺得，早知道就不該把她送去那戶人家。」

「怎麼了？」

「那孩子給小雪看了……看了那段影片啊！」

那正是我所擔心的。雖然我認為郭恩泰醫生是值得信賴之人，但那個叫時賢的孩子的行為，真的很可惡。養出那種孩子的父母果真值得信賴嗎？這想法在我腦中揮之不去。

院長的看法卻不同。

「什麼？給她看了那段影片？那有什麼好大驚小怪的。」

「當然啊！小雪很痛苦啊！」

「有什麼好痛苦的？」

「同學們都看到她的樣子耶，院長，孩子受到了多大的傷害啊！」

「什麼樣子？妳是說身上沾到了點廚餘嗎？那又怎樣。換作是我，就會理直氣壯地炫耀，雖然我是在廚餘桶被發現的，卻變得這麼優秀！」

我們就像孩子般吵起架來。

假如當時我能適時閉嘴，會如何呢？現在院長還會在世嗎？

小雪，光是這個念頭，我整天就想了一百萬遍。

這應該就叫作後悔吧？

但是那天我沒有閉嘴，反倒開始大吼：「院長您總是這樣，只想到自己，卻沒想到別人會多痛苦。多虧了那個節目，才能收到很多捐款，但您可曾想過，那件事對小雪來說，可能比什麼都還要痛苦、煎熬嗎？」

院長也不甘示弱：「就是因為妳這麼蠢，才沒有照顧好小雪。假如沒有那個節目，小雪要靠什麼在那麼好的環境成長？小雪應該以此為榮，比任何人都更理直氣壯。」

我們都不想輸給對方，嗓門越來越大，場面很難看，就像在街上互飆髒話大吵的國中生。

既然雙方都吼完了，內心應該會很暢快，我卻沒有適可而止。我一時氣昏了頭，在來勸架的護士面前，不該說的話脫口而出，我破口大喊：

「那院長也去試試看嘛！把電視臺的人叫來，讓大家看看妳眼歪嘴斜的樣子，說妳的兄弟姐妹都沒來，但妳依然很驕傲，理直氣壯地說啊！既然收到這麼多捐款，直接去美國不就得了？」

真不曉得該怎麼形容那一刻瀰漫在會客室的寂靜。

小雪，除了我們之外還有那麼多人，但大家什麼都沒說吧。我至今仍無法相信，自己竟然說出了那麼狠的話，還有在那一刻，院長心中有某樣重要的東西瓦解了，我好像能聽見它嘎吱碎裂的聲音。

院長的雙眼瞪得像銅鈴一樣大，嘴角不住抽動，她好像還想說些什麼，但什麼都說不出口，這場架也就這麼不了了之。

我趕緊求饒，向院長說對不起、是我話說太重了，要她趕緊忘掉。但一切已經太遲，水潑出去了，就無法收回。

院長開始放聲大叫，而她已經不再是那個院長了。

「啊啊啊啊——妳這乞丐、小偷！鼻水、鼻屎！屎尿！這個小雞雞、妳這屁眼、肛門！」

她坐在輪椅上被推走，最後朝我大喊的就是這些。淚水與鼻水布滿她整張臉，院長回到了小孩子的精神狀態，變成一名又哭又鬧、不停咒罵、受到傷害的孩子。

我馬上驚覺自己對院長做了多惡劣的事，從療養院走到公車站時，不知道全身無力地癱坐在地上多少次。

第二天，我又去了療養院，明知於事無補，但我想真心向院長道歉。我不該那樣狠狠揭開別人的傷痛，我很後悔。

可是院長已經被送去醫院了。護士告訴我，院長的腦血管隨時都有爆掉的危險。那位護士，就是從頭到尾將我們如路邊野狗狂吠的模樣看在眼裡的人。院長沒有恢復意識，她人在加護病房，也無法向她作最後的道別。兩天後的凌晨，院長就撒手人寰了。

院長始終盼望著，兄弟姐妹能將自己接到美國。

上了年紀，身體又有病痛，內心孤寂之時，自然會想待在親人身邊，但這件事到最後都沒有如願。他們沒有來參加七旬壽宴，而是來參加了葬禮。

儘管我沒有資格說什麼，但望著遺像時，我卻連淚水都流不出來。

他們很有禮貌地問候我，還說「謝謝您直到最後都陪在姐姐身邊」，要是知道我是什麼樣的人，他們肯定不會這麼說。

這就是院長生前最後的時光。

我很想就此打住，但我還有一件事沒說。

但願妳能明白，要對妳說出這件事，比什麼都痛苦。雖然談阿寇或院長已經夠痛苦了，但比起這件事，都顯得微不足道。

狗與人的死亡，是他們出生於世，接著走完自己的人生，本來就天經地義，可是現在要說的，卻沒有任何理所當然之處。這等於是在妳的傷口上撒鹽，使它更加惡化，但我認為現在非說出來不可，現在不說，就永遠找不到好時機了。

所有故事的起點，都是從妳來到草葉育幼院的第一天開始。

結束一年的跨年夜，我的內心比任何時候都要空虛，雖然夫妻間也沒有說多恩愛，但以為能依靠一輩子的人卻那麼早就離世了。

我沒有信奉宗教，但我去了附近的教會，想說能在那裡感受一下人的溫暖。可是在那裡的人，也都是和自己的親朋好友、孩子在一起，好像哪裡都沒有我的容身之處，所以我慢慢往後退，打算離開教會。

教會大門上貼了各式各樣的海報，其中也有草葉育幼院的，那裡也舉辦了和村民共襄盛舉的新年活動。

有孩子的地方！我突然看見了某種希望。

我向來很喜歡孩子，卻沒有生小孩，要是能見見和我一樣孤單的寶寶，就能一起取暖了，於是我決定要去那個地方。

聽人說育幼院離教會很近，其實遠得要命，根本是橫跨了一座山。不是妳記憶中的那個地方，在搬家前，育幼院在更高更偏遠的地方。

我走過一個村落，又在人煙稀少的小路走了好久，直到眼前沒了燈光，心中開始害怕起來。那晚寒風刺骨，我猛然意識到自己是不是走錯了路，我還記得那時走在黑漆漆的下坡路時，擔心路面結冰而拚命發抖的樣子，但現在要回頭也已經走得太遠了。

在那人煙稀少、被山林、菜園環繞的深處，樹林間傳來颯颯的風聲，以及混雜冰冷空氣的山林氣息。直到照亮首爾的燈光全數熄滅後，草葉育幼院的身影才出現。

被稱為育幼院的地方，是一棟不見任何招牌的破舊小屋，海報上明明說會舉辦新年活動，這裡卻冷清到我懷疑自己是不是走錯了。

大門敞開著，所以我還是悄悄的進去看了一下。小餐桌上擺放了幾樣餅乾和飲料，幾名村裡的老人家坐在那裡看電視，還有三、四個看起來像是小學生的孩子，帶著半惺忪的睡眼嘻笑著，窩在一起打打鬧鬧。

我向某個女人詢問，「這裡沒有小寶寶嗎？」

「更小的孩子當然都在睡覺囉，因為很晚了。」她回答。

也對，對寶寶來說，這時間的確是深夜了。

我這才領悟到根本沒有什麼特別活動，但我仍決定在那裡度過一晚，畢竟我不想回空無一人的家，在這裡迎接新年第一個早晨似乎也不錯。

老人家和孩子們開始尋找適合就寢的空間，我卻沒法輕易入眠。每到那時，我就會睡不著覺，經常睜眼到天明。

大概到了凌晨四點吧，我因為頭疼，再也無法繼續躺著，心想著出去吹吹風會不會好一點，就走到了外頭，大口吸入彷彿要撕裂肌膚的冷冽空氣，試圖想讓心情鎮靜下來。

今年的第一天就這麼到來了啊，往後我該怎麼活下去呢？

在那萬籟俱寂的深夜，卻聽到七嘴八舌的講話聲。人數也不多，大概三、四個，雖然周遭一片漆黑，但有燈光亮著，所以我能看見他們的一舉一動。

院長抱著嬰兒的身影最先映入眼簾，那孩子就是妳，也是我初次見到院長的瞬間。

是小寶寶。我的心臟撲通狂跳，猶如幽靈般悄悄走向他們。

「光靠這樣還不夠，有沒有更令人揪心的東西，像是道具之類的？」

我聽到身穿厚羽絨外套的男人的聲音。

「這個怎麼樣？」院長的聲音不停顫抖，以凌晨寒冷的程度，當時她穿的毛料大衣算是有些單薄了。

「什麼？水果籃？假裝是被裝在裡頭？ＯＫ。」

「那現在要開始拍了嗎？」

「不行，還是有點……還要更揪心才行，還有沒有別的？」

「還要更誇張？這天寒地凍的……」

「畢竟是新年的第一個節目，要是稍有閃失，就會被各種消息淹沒。全國上下都在歡騰慶祝，只有我們這邊報導棄嬰。因為畫面播出去會很暗，必須加強衝擊的力道，造成舉國譁然的效果，有沒有什麼可以用的……這是啥？嘔，這味道……就說是在這裡面找到的如何？」

「這個好耶，就這樣裝在禮籃，媽媽把嬰兒遺棄在這裡，接著院長在凌晨祈禱回來後，聽到廚餘桶傳出嬰兒哭聲，所以把她抱了出來。ＯＫ，就這樣拍吧。」

「應該不用真的把寶寶放進去吧？天啊……真的要放嗎？」

「都已經結凍了耶。」

「去車上拿噴槍過來，把冰融化後塗在嬰兒身上。畫面要呈現出來，所以整個背部也都要塗上，好讓大家看到嬰兒抱起來時背部全濕的模樣。」

他們肯定不知道我就在旁邊，因為只有一盞很小的燈，而且他們很隱密地在進行這件事。

之後的，妳都知道了，小雪。

妳就是這樣來到草葉育幼院的。

9

「我要去史賓賽班。」

「小雪，史賓賽班是上四年級的課程，米爾斯班才是六年級的班啊。」

「我知道，可是米爾斯班的書太難了，我完全聽不懂《人類大歷史》在講什麼，史賓賽班的孩子讀的書看起來比較有趣。」

「小雪，妳知道這不是妳能決定的，要是妳加入了，四年級的弟弟妹妹會很不自在的。」

「那就算了，我不要去了。」

讀書論述補習班的經理「啪」的一聲蓋上資料夾，而我有種「算了，隨便」的感覺。英文補習班已經停了，只要讀書論述可以讓我換班，我就會考慮繼續上，但既然不行，我也別無他法。

時賢媽媽和我一起走出論述補習班，緩緩地走在路上。可以看到時賢家那棟高聳入天的建築物就在不遠處。雖然不能說在這裡的生活很幸福，但我必須坦承，自己熱愛那棟建築物本身具有的威嚴。已經嘗過住在那種地方的滋味後，此時心中多少參雜了苦澀。每次看到那棟建築物，仍會微微的悸動。

「孩子啊……休息一下再走吧。」

時賢媽媽停下腳步，無力地癱坐在長椅上。託付動物醫院照顧一天後，做了寵物美容的向量看起來更乾淨俐落，牠跳上了時賢媽媽的膝蓋。

我帶著些許罪惡感坐在旁邊，她一心期盼能有個善良的女兒，這個憧憬卻因我而化作煙塵，就算動員世上最頂尖的ＡＩ、大數據和３Ｄ印表機，也無法讓它恢復原狀了。時賢媽媽竭力保持冷靜，然後開口，她的聲音輕微顫抖著。

「好吧，其他都無所謂，英文或讀書論述那些，不想上也沒關係，因為憑妳自己的力量就辦得到，但 Deep Brain 英才學校預備班……小雪，妳能夠考上真的非同小可，妳可能現在不太清楚，但那是非常了不起的。」

時賢媽媽甚至懷著某種崇高感來描述「Deep Brain 英才學校預備班」，但我只覺得莫名其妙。我只解開了幾個圖形題，大部分題目都沒有寫，卻意外地出現在入選名單內。聽到我合格的消息，幾名學生家長激烈地提出異議，因為平常聽課時，我簡直和幾乎聽不懂的智力遲緩兒童沒兩樣，但補習班的回答讓人意外。

「這孩子以我們沒有教過、自己也沒學過的方式解開了題目。總分很低，所以能理解為什麼引起爭議，但英才學校必須擁有在升學時格外有利的邏輯思考，我們 Deep Brain 會選拔符合水準的孩子。」

真是個詭異的地方。我暗自嘀咕。好難理解這裡的人的生活方式，無論是Deep Brain選拔合格者的方式，或是郭恩泰醫生叔叔夫妻愛時賢的方式，都在我的理解範圍之外。

「小雪，妳要不要再想一下？去Deep Brain吧，嗯？只上一間就好。」

「我不要去Deep Brain。」

時賢媽媽還打算說些什麼，但最後止住了，美麗的下唇顫顫巍巍。

「我該怎麼辦呢？養孩子對我來說實在太困難了。」

最後，時賢媽媽哭了出來。就像我用很奇怪的方式解開圖形題的那天，向量很喜歡時賢媽媽的金屬扣環皮鞋般，這個隱約映照出天空與河水的雄偉大樓，也有些部分令我熱愛。我們雖無法理解彼此，但仍具有令對方著迷的某些特點，時賢媽媽卻在那令人惋惜的交岔口上潸然落淚。

「妳剛來我們家時，和現在不一樣，就像一塊乾海綿般吸收知識，充滿必勝的鬥志。那時我真的好高興，能養育像妳這樣的孩子，彷彿一場夢。曾經那樣的妳，不過數個月內就變成這樣，這代表我的養育方式出了錯吧？我已經毀了時賢，現在連妳也毀了，我真的是成事不足、敗事有餘。」

看到時賢媽媽落淚，真的很讓我心痛，我是真心喜歡她。來到郭恩泰醫生叔叔的家時，我曾暗自擔心，時賢媽媽會不會有像大家常說的歧視或虐待行為。就算會操心煩惱，時賢仍是她唯一的兒子，我則是毫無血緣關係的外人，還是連父母都不知道是誰的遺棄兒童。

但時賢媽媽在這方面做得無懈可擊，我從來不曾從她身上感覺到自己受到差別待遇或虐待，她疼愛我的程度，反倒讓時賢吃味。我們在百貨公司擦口紅試用品，兩張臉湊在一起照鏡子，一起用粗吸管從奶茶中努力吸起大小如葡萄粒的珍珠粉圓時，我覺得自己好像真的成了她的女兒，洋溢著滿滿的幸福感。

她投資在我身上的補習費想必不是一筆小錢。替我支付的教育費並不能滿足她，就像花在時賢身上的那樣，她執意追求最好的補習班，就算別人竊竊私語說她已經走火入魔，依然沒有半點動搖。她經常掛在嘴上，說很高興為我做那些，覺得很有成就感。但我在短時間內走了樣，她才如此灰心喪氣。

「不是時賢媽媽的錯，請別這樣說。」

她抬起淚痕斑駁的臉蛋望著我。我是真心想安慰她，想告訴她，沒有任何理由為了我哭泣。

「謝謝妳，但就算妳這麼說，我還是覺得這一切都是因我而起。妳說，這麼喜歡讀書的妳，為什麼突然變成這樣？」

「我不是已經告訴您了嗎？因為課業太難、太多、太辛苦，而且一點樂趣都沒有，所以才不想做。」

「讀書本來就很辛苦、很困難啊，可是妳以前不是做得很好，讓其他人都大吃一驚嗎？為什麼突然不喜歡了？」

「自己一點一點慢慢做的時候，不覺得辛苦，也很有趣，可是在這裡做的一點都不好玩，我只覺得好痛苦、好痛苦。」

「這是什麼意思呢？在補習班接受好老師的指導和幫助，會更容易也更方便啊，往後在國中、高中要學的內容更多，所以像小學時一樣靠自己學習，效果有限啊。」

「那等到成績退步了，我再接受幫助，我目前都做得很好，我想要照以前的方式做。」

「成績一旦退步就太遲了，到時就無法挽回了，所以才要事先做好準備，還有，靠自己唸書絕對進不了英才學校。」

「我不要去英才學校，我不想去那裡。」

「孩子，求求妳了！聽大人的話吧！那裡是國家要讓像妳一樣聰明的孩子盡情讀書所打造的地方啊！難道妳要白白浪費那天賜的才能嗎？」

我很誠實地回答了所有提問，已經答了五遍、十遍，搞不好已經超過二十遍了，但整個過程好像一直在鬼打牆。答案都已經決定好了，因為我具有才能，所以必須去讀英才學校；靠自己讀書絕對進不了英才學校，因此必須上Deep Brain補習班；不去英才學校是對才能的背叛，要是不想背叛才能，就只能去上Deep Brain補習班。我被綁在這無限軌道上動彈不得，連著好幾天不停繞圈圈。堅持不去上Deep Brain補習班、不去英才學校的我，是犯了傲慢之罪，隨意浪費上天賜予的珍貴才能，說不定哪一天會遭天打雷劈，或遭到出洋相、栽跟頭的天譴。

「妳說啊！為什麼不回答我？」

「我一直都有回答，是您完全不肯聽我說啊！」

最後，我忍不住大吼，路人紛紛側眼看我們。一起擦口紅、喝奶茶時，一切是無與倫比的美好，但只要一提起補習班的事就會一言不合。喝奶茶的時賢媽媽和Deep Brain的時賢媽媽不僅是截然不同的人，而且只要我拒絕Deep Brain，奶茶就會跟著消失，最後就只剩下有理說不清、Deep Brain的時賢媽媽。擺脫緘默症還不到一週，我就成了會對大人大小聲的孩子。我完全可以體會，許多在良好家庭中受到寵愛的孩子，為什麼會任意對應該感謝的父母大吼大叫，做出很壞的反抗行為。無論我得到的是蒙受祝福的才能或富裕的環境，在我把它狠狠摔在地上、用腳大力踩踏之前，我都無法擺脫這彷彿受詛咒的枷鎖。

「我的天啊，妳和時賢一模一樣。」

所以，我如法炮製，把時賢那嘲諷的眼神和沒禮貌的回答照搬出來。

「怎麼？難道您也要把我房間的門把拆下來嗎？」

「尹雪！」

接下來，我們各走各的路，最後回到相同的家。我很理所當然地鎖上了房門，並且很神奇地看著正在做這件事的手。出生以來，我首次擁有自己的房間才不過兩個月，但假如我不鎖上門，時賢媽媽就會開門進來說要和我談談，那令人厭煩的反覆記號就會持續出現。我試著把自己關在門內，晚餐也寧願不吃。因為我平時不吃零食，都靠三餐米飯過活，所以這讓我很痛苦。我第一次開始思考時賢媽媽按時給我，卻從來用不上的零用錢。我必須事先藏一些巧克力派、保久乳等可以存放很久的緊急糧食。

隔天早晨，我比平時更早起床，做好上學準備。我將牛奶倒進麥片，迅速吃完早餐，接著在郭恩泰醫生叔叔夫妻倆瞪大的眼睛面前大聲宣告：

「我要一個人去學校。」

「孩子啊！妳怎麼可以一個人去學校。」

「我會搭地鐵。」

「搭地鐵會耗費更多時間，這時間到處人擠人，妳怎麼這麼任性！」

「我不過是要搭地鐵去學校，這是在做壞事嗎？」

「尹雪！妳一定要用這種態度說話嗎？」

「怎麼？您更喜歡我罹患緘默症的時候嗎？」

時賢媽媽扶著額頭，郭恩泰醫生叔叔則慌張得手足無措。他們一定很想摀住我那張只會講沒家教的話、傷人的嘴。其實，大人最喜歡緘默症時期的我。

我以大搖大擺的氣勢走出玄關時，時賢很反常地早早醒來，以不帶嘲諷的表情仔細看著我。

上學時，搭地鐵的乘客大爆滿，我不禁擔心好不容易癒合的肋骨會不會又再度碎裂。我的身體在無形中已經習慣了有四個圈圈的高檔車，在溫谷洞時每天轉乘地鐵和公車上學的時期，已經彷彿史前時代的祭天活動般模糊了。我們已經省略掉每天早晨如母女般溫馨的編髮過程，現在的我就是一頭長直髮，看到我的造型又有了變化，同學忍不住像是看好戲般的偷瞄。

放學後，時賢媽媽和向量在校門口等我。我很尷尬地鞠躬問候之後，打算直接走掉。

時賢媽媽著急地問我：「小雪，妳真的不搭車嗎？」

「對。」

「妳會直接回家吧？」

「不會。」

「妳要去哪裡？」

「……」

「要去找阿姨嗎？」

「不知道。」

「什麼時候回家？」

「我真的不知道，可以別再問了嗎？我只是想到處走走。」

我隨即撇過頭，踩著小碎步匆匆離開。

我確實沒有認真想要去哪裡，只是想像以前那樣隨興到處走，像個鬼靈精的小學生般，跑到人潮眾多的大學商圈看看街頭表演，逛逛衣服和皮鞋，盡情試用美妝店的試用品。就算一個人瞎逛一整天，也完全不覺得無聊或疲倦。

但就在我脫離時賢媽媽的視線範圍，走進地鐵站的瞬間，我直接一屁股坐在離我最近的長椅上。

我什麼都不想做，什麼地方都不想去。

腦中浮現的地方是阿姨家旁的寂靜小路。我想找到阿姨用來標示的小石子，用手掌去感受冰涼泥土的觸感，以及那隻拋開恐懼、衝進世界尋找我的勇敢小狗——阿寇的痕跡。

但是，假如我想去那個地方，就必須經過阿姨工作的通百食堂，跑到阿姨家那一區才行。那是我在這世上最不想去的地方，是大騙子住的地方！我指的就是，從我出生那天開始，到最後道別為止，沒有一天停止說謊的人——阿姨。一想起阿姨我就很氣憤，怨恨的心彷彿要化為拳頭，從喉頭跳出來似的。

我的口袋裡有錢！我應該花這筆錢！過去這段時間，我手上有錢，卻沒有花它的時間。我在占據大型書店一半空間的時髦文具店來來回回，享受符合我水準的奢侈。我買了舒適柔軟的蓋毯、手冊、能畫出漂亮線條的麥克筆，同時感到微微的滿足和解放感。隔天，我一個人跑去看漫威電影，再隔天，我買了用瓢子秤重販賣、五顏六色的雷根糖，一邊嘖嘖吸著糖果，一邊亂逛。

再隔一天，我不知道該往哪去，只好讓我的腳步帶領我。我沿著地鐵站階梯往上爬，接著出現了熟悉的十字路口，而在那裡最高也最華麗的建築物二樓的醫院招牌，映入了眼簾。

郭恩泰小兒科暨青少年科診所。

那是生病受傷的孩子們與傷心的媽媽會一起來的地方；是在看到誇耀自己的手指比體溫計更精準、跳著屁屁舞的醫生叔叔後，不但會把生病的事忘得一乾二淨，還會忍不住笑出來的地方。郭恩泰醫生叔叔說，孩子就應該做自己喜歡的事，還示範了大笑時胸口上下起伏的模樣。醫生叔叔說，就算沒有生病或受傷，只要心裡生了病、有煩惱，隨時都能過來，所以就算沒什麼事，我也會跑到醫院看他。不管生病的孩子再多，他總會為我抽出時間。只要看到醫生叔叔，我經常會覺得世界的空氣變得輕盈，讓人能夠喘口氣。

住在一個屋簷下之後，我就見不到他了。也許對他來說，白色醫師袍就像是漫威英雄的服裝那種東西。回家後，換上圓領T恤和睡衣的郭恩泰醫生叔叔就像另一個人，若是非得替他取個名字，大概就是「時賢爸爸」吧。

深夜回到家的郭恩泰醫生叔叔，會讓家裡的空氣變得很凝重。好像只有來到溫谷站世邦大樓二樓的郭恩泰小兒科暨青少年科診所，我才能夠見到懷念的那個人。我好想再次見到他。

看到我的臉，郭恩泰醫生叔叔深吸了一大口氣。現在遇見我已經需要靠深呼吸來調整心情了嗎？我覺得好討厭，就連天下無敵的白袍，都無法將他燦爛的笑容還給我了。原本那個世界上笑得最燦爛的人，如今已經不知去向。

「謝謝妳來，小雪。」

將我摟進懷裡的擁抱，就像以前一樣寬厚踏實。我一點也沒有打算要哭，淚水卻奪眶而出。

過去這段時間，我都沒有哭。阿寇離開了，院長離開了，我那傳奇性的出生神話離開了，一下子有太多人事物離我而去，我卻一次也沒有掉淚。就像被沙子填滿的人偶般，只覺得腦袋和胸口很沉重、變得細細碎碎的，一切都令我感到厭煩，想哭也哭不出來。

「請您別說謊。」

哭著說這句話，聽起來可能像在耍賴，但我是為了說這句話才來的。大人都是大騙子。儘管我也已經變成說謊不打草稿的孩子，等我變成大人時，也會變成徹頭徹尾的大騙子，不過我想趁內心還留有一點誠實時，盡早解決這個問題。一旦變成大人，無論是善意的謊言，或是基於愛而說謊，都不會覺得有什麼奇怪的了。既然每個人都這樣做，那我謊話連篇也沒關係。等到變成了大人，就會把這一切都忘掉，就算還記得，也會認為這很理所當然。

我不想變得無所謂，要是覺得無所謂，我可能會含冤而死。一出生就陷入謊言中，在謊言中成長，愛著不過是謊言的東西。最重要的是，我竟還曾經寄予希望，這太令我氣憤了。我所遭受的這一切，要是不能讓那些把我當成超級大笨蛋的人嘗到一點滋味，我大概會因為太過憤恨，即便跳進了漢江，身體也會漂浮在水面上，而不會淹死。

「醫生叔叔是大騙子，我是來講這句話的。」

醫生叔叔的身體僵住了。在勇氣消失之前，我趕緊甩開他的手臂，把想說的話一口氣說出來。

「您今天也叫孩子們要笑口常開了嗎？在媽媽們面前說，只要讓孩子做自己喜歡的事就行了嗎？我以為醫生叔叔說的話是真的，所以很努力的笑口常開，也很努力做自己喜歡的事，可是醫生叔叔看到時賢笑著跳舞時，卻一點都不高興。您說他沒有吃過苦才這麼怠惰。我被醫生叔叔騙了。」

「不是那樣的，小雪，孩子們的確應該要多笑、開開心心地長大，但像時賢這樣在良好環境中成長的孩子，有責任成為優秀的人，把自己得到的回饋給社會。我指的是這件事。」

郭恩泰醫生叔叔不知所措，他肯定是第一次見到這麼沒禮貌的孩子。雖然時賢很壞，但我也不輸給他。在我體內，充滿了從出生起就一點一滴堆積起來、名為委屈的汽油，而它很容易就會著火爆炸。我很兇暴，直言不諱，要是覺得還不夠，就會用兩排門牙咬住對方的臂膀。聽到郭恩泰醫生叔叔的辯解，我體內的汽油桶著了火，竄出濃煙。

「所以您是說，像時賢一樣在良好環境中長大的孩子就應該要報答，必須用功讀書，像我一樣在惡劣環境中長大的孩子就不需要報答，只要嘻嘻哈哈就行了嗎？原來您對我、對溫谷洞的孩子們，還有對媽媽們說的是這個意思嗎？」

「孩子，夠了，拜託別說了，我的心好痛。」

「心痛？醫生叔叔騙了我，卻說自己很心痛？那您以為我就是被人騙了都不會受傷的笨蛋嗎？時賢必須用功讀書，變成優秀的人，我只要像個笨蛋一樣傻笑、隨心所欲地生活嗎？」

郭恩泰醫生叔叔像是擔憂心臟會停止般，將手心覆在胸口上，平時混雜各種聲音的候診室也一片死寂。就連隨時都在哭鬧的小寶寶也停止了哭泣，豎起耳朵聽著全世界最沒禮貌的孩子大吼大叫。

「是啊，我百口莫辯。妳說得沒錯，醫生叔叔是個大騙子，這件事竟然被妳發現了，現在我羞愧得只想挖個地洞躲起來。」

郭恩泰醫生叔叔喘著大氣，雙眼眨個不停，想阻止淚水流下來。

「我知道現在不管我說什麼，妳都不會相信，但我仍要誠實告訴妳。真正的笨蛋，是不知道自己在說謊的人，就是因為不知道那是謊言，才會更理直氣壯地大聲說話。我好像也是，我就是個不知道自己在說謊、只會大聲嚷嚷的笨蛋。」

「那麼，您是對誰說了謊？是對時賢，還是對我呢？」

「……對時賢。」

我頓時覺得頭好暈，還以為會聽到相反的答案。在不知不覺中，無聲的淚水已經覆滿郭恩泰醫生叔叔的臉，我好像是第一次見到魁梧體格的男人在我眼前落淚。他不再是如幸福的北極熊般跳屁屁舞的人，也不是按捺沸騰的怒氣、狠狠盯著自己兒子的人，另一個人跑了出來。在郭恩泰醫生叔叔的身體內，究竟住了幾個人呢？

「您對時賢說了謊嗎？醫生叔叔，您該不會又在說謊了吧？該不會是對我說了謊，但因為被我逼問，才又編出另一個謊吧？」

「孩子，對不起，我雖然對妳造成了很大的傷害，但對妳說的話並沒有錯，孩子就該笑口常開，也該做自己熱愛的事。」

「那您為什麼那樣對待時賢呢？時賢的表演那麼精采，為什麼您一點都不高興，反而怒氣沖沖的？」

「因為他是我的孩子，因為時賢是我的孩子，我才會對他說謊，說像他一樣在良好環境中成長的孩子，就該心存感激地用功讀書。」

這是怎麼回事啊？對別人家的孩子說實話，卻對自己獨一無二的子女說謊，這究竟是什麼意思？現在我已經分不清楚什麼是真、什麼是假了。

「我雖比世上的任何人都要愛時賢，卻怎樣都無法理解那孩子，因為我總會將兒時的模樣投射在時賢身上。我的父親是個酒鬼，母親靠打零工把我養大。還沒滿二十歲前，我就靠自己的一雙手賺取學費了。我雖然愛時賢，又覺得很受不了。那孩子讀的是好學校，甚至還請了家教，竟然連那麼簡單的數學題都會寫錯。房間裡有滿滿的書，他卻放著不讀，向國外的老師學習道地英文，可是他卻討厭英文。我憑自己的力量做到了一切，那孩子卻如此笨拙！我完全無法理解，才會生氣，越來越討厭那個孩子。是啊，我愛著他，卻又怨恨他。」

我不敢相信剛才聽到的那番話。郭恩泰醫生叔叔怨恨時賢，他竟然怨恨自己獨一無二的兒子。我以為除了遺棄我的父母，世上所有父母都深愛自己的子女，以為他們即便全天候掛念子女，心中那份愛仍會持續熾烈燃燒，以為像郭恩泰醫生叔叔這麼優秀出色的人，會比任何人都深愛自己的孩子，此時他卻親口坦承，自己怨恨時賢。

「您有看過時賢的任何一場表演嗎？要是您看見他在舞臺上有多亮眼，應該就會改觀。時賢他真的……雖然其實我很討厭時賢……但時賢跳舞時真的很棒。」

這些話並未對郭恩泰醫生叔叔帶來幫助。我的腦中出現了被我射出的子彈擊中的龐大野獸傾斜倒下的模樣。醫生叔叔的臉上一片淚水，竭力想要擠出笑容，看到他的樣子後，畫面突然變得扭曲，我想起一臉孤單的院長。

「我父親……只會酗酒的父親，很擅長跳舞。看到時賢，就好像看到整顆心只顧著跳舞，把家庭和人生全搞砸的那個人，總令我忍不住顫慄。」

在很會跳舞的父親與很會跳舞的時賢之間，郭恩泰醫生叔叔一腳踏入了怨恨的圈套。這種心情，會不會與我到現在仍不敢直視廚餘桶的感覺相似呢？雖然我曾經待在裡面的那個廚餘桶早就不在世上了，但我還是會在每個轉角處見到它，因為憎恨它而全身發抖。

「時賢原本是個開朗快樂的孩子，無論何時何地，只要一聽到音樂，就會像蝴蝶般翩翩起舞，這時我就會出數學題給時賢。三加八是多少？時賢卻答不上來。看著他驚恐的眼神，我要求他不要只顧著跳舞，多花點心思在課業上。」

我見到的時賢，是個火冒三丈、臉上總掛著嘲諷笑容的孩子。在這副模樣之前，曾經有個像蝴蝶般翩翩起舞，接著原地凍結、驚恐的看著爸爸的時賢。儘管那是我所不認識的面貌，卻彷彿親眼看到般熟悉。

「小雪，妳說得沒錯，我明明叮囑那些來診所的孩子要多笑，卻強硬地抹煞了我兒子的笑容。我是世界上最卑鄙的大騙子爸爸。隨著時賢開始在學校做壞事、闖禍，我對時賢發脾氣的次數也越來越頻繁。要是我能對時賢拿手的事給予稱讚，替他感到高興，時賢就不會變成現在這副模樣了……」

我們的對話中斷了，郭恩泰醫生叔叔想起了更多傷心事，而我也有好多要思索的事。醫生叔叔的淚水從低聲啜泣轉為痛哭失聲，就像我最感痛苦的時候，每呼吸一次，就會發出猛獸般的聲音。

「孩子，我的胸口好像快撕裂了，原來愚昧的人會受到這種懲罰啊。」

曾經，我很憧憬那個人如山一般寬闊踏實的肩膀，以為在那上頭長大的孩子就能屹立不搖，但我似乎對這世上的父母與子女有了天大的誤解。郭恩泰醫生叔叔的肩膀不住晃動著，在那上頭，哪怕是一隻蝴蝶，大概也很難穩住身體重心。我曾經迫切夢想能有個穩固如山的地方，夢想卻再次被剝奪，只能用一雙乾瘦的手大力搓揉火辣發燙的臉頰。夢想被剝奪，比什麼都痛苦。

過了很久，再次開口時，我被自己如小鳥般尖細的聲音嚇了一跳。

「可是啊，就算我對時賢的教育毫無幫助，您還是會繼續撫養我嗎？」

10

「哎喲，那狠毒的丫頭，看看她翻白眼瞪人的樣子。」通百食堂的大嬸看著我說道。

她說得沒錯，我肯定是惡狠狠地瞪著阿姨，彷彿眼珠子都快掉出來了，所以手忙腳亂地跑來的阿姨，才會猛然停下腳步，整個人凍結在原地。

「妳就用這種眼神看著把妳拉拔到這麼大的阿姨？為了這種不知感恩圖報的丫頭而焦急，大姐也太可憐了。」

阿姨用手制止大嬸，脫下圍裙。她緊抿著嘴，連忙推著我走出通百食堂。

「妳以為我們不知道妳動不動就跑來這探頭探腦，也不對阿姨打聲招呼就跑掉嗎？」通百食堂的大嬸最後說的話硬生生地嵌入我的後腦杓。

和阿姨住在這裡的回憶，好像一千年前那麼悠久。人們提著裝了東西的塑膠袋在狹窄的商店街進進出出，孩子們在老舊的遊樂場嬉戲玩耍，散步小徑上的落葉鬆垮堆疊著，這幅風景好遙遠。實在不敢置信，我才離開這裡兩個月。

「沒有感冒嗎？」

我有些模稜兩可的尷尬回答。

「臉圓了一點喔。」

正如通百食堂的大嬸所說，我是個狠毒又不知感恩圖報的丫頭。對阿姨至今的養育，表現得就像那根本不值一提般，任意怨恨阿姨。無論是阿寇、院長或廚餘桶，全都是我招架不住的天大謊言。在折磨我，將我逼至死路的一切祕密和謊言中，阿姨沒有一次缺席，我覺得自己一輩子都無法原諒阿姨。

經過深思熟慮，我下了一個結論：在我的人生中，除了阿寇，大家都對我說謊，唯有阿寇對我是完全真實的。因此我下定決心，到死都只愛阿寇一個。一想到這，對阿寇的思念就更一發不可收拾，只剩來不及對阿寇說的許多話滲進了骨髓。我暗自祈求阿寇來到我夢裡，阿寇卻一次都沒來找我，阿寇一定到現在還覺得是我遺棄了牠，很埋怨我吧。

我多次偷偷潛入幸福大廈，一邊留意不被阿姨發現，一邊試圖尋找阿姨所說的那個地方。阿姨說把阿寇葬在我經常帶牠去散步的路上，在大樹蔭涼處的長椅後方的小草叢中，但在大樹下的長椅何其多，阿姨用來做記號的小石頭和小花根本就不見蹤影。剛開始我還以為很容易找到，但悲傷很快就轉為驚慌失措。我在幸福大廈四處徘徊了好幾次，還是找不到阿寇的墳墓。

驚慌失措很快就變為怨恨，原本就很討厭的阿姨，變得更令人討厭了。阿姨真是蠢斃了，竟然用很容易就散開的小石子和小花做記號。該不會是想讓我吃點苦頭，才故意這麼做的吧？我真的超不想見到阿姨，但為了在天氣變得更冷之前找到阿寇，只好硬著頭皮去通百食堂。

「妳問阿寇葬在哪裡？」阿姨隨即慌了手腳，不停重複著：「就在大樹下的長椅啊……」

我和阿姨兩人仔細翻遍了整座公園，但阿姨再怎麼看，都找不到放在長椅後面用來做記號的小石子。

「妳想不起來？」

我真不敢相信，自己親手埋葬小狗的地方，竟然可以忘得一乾二淨？我直勾勾地看著過去在我面前謊話連篇，現在又打算多說一個謊的阿姨，感到不可置信。

「真的啦，好像是這張椅子，又好像是那張……因為長得都一樣……」

「阿姨，你太過分了，阿寇都死了耶，妳卻想不起來把牠葬在哪，這說得過去嗎？要是認為之後會想不起來，好歹做記號時也有誠意一點嘛！」

「就是啊，當時沒想到會這樣，不知道我親手埋葬後，居然會想不起來。我倒是記得，埋葬阿寇後，就坐在旁邊的長椅上發呆……」

「拜託妳想想看，阿姨！想想坐在長椅時看到了什麼。眼前有什麼建築物，只要想得起來，不就知道在哪裡了嗎？」

「我什麼都想不起來。」阿姨一臉哀傷與疲憊。「不瞞妳說，我雖然坐在那裡，卻什麼都看不到，只聽到孩子們吵鬧的聲音，還有樹影搖曳時偶爾會遮住太陽……我就傻傻坐在那裡，不知道該怎麼辦。妳離開了，阿寇也在意外中走了，想到要是妳回來找阿寇該怎麼辦……腦袋和眼前全部變成一片白，什麼都看不到也聽不到，連呼吸都覺得困難。」

想到我直到最後仍用這麼不堪的方式和阿寇道別，怒火就直衝頭頂，突然被一種很奇怪的心情包圍。阿姨那天的無力感，眼睛與耳朵都彷彿麻痺般的茫然，無論如何掙扎都只是徒勞無功的感覺，我再熟悉不過了，令人打起寒顫的那種感覺，硬是要替它賦予名稱的話，就是在廚餘桶中窒息的那一刻。

其實，就連那種感覺都是個謊言。在我的人生中，根本就沒有在廚餘桶中苦惱該不該嚎啕大哭的瞬間。黑漆漆的天空打開了一個洞，院長以錯愕的臉孔俯瞰我的記憶也不是真的，我不過是個被遺棄的平凡孩子，在面臨新年節目壓力的製作人腦中浮現卑劣的點子之前，我和廚餘桶沒有絲毫關聯。但被遺棄在那狹小空間的羞恥心、孤單、絕望感，甚至是惡臭，都已經分毫不差地吸收為我的一部分。他們把並非事實的東西捏造成我的。究竟在我的人生中什麼是真，什麼又是假？在地底坍塌的混亂之中，我相信阿寇，唯有阿寇是唯一的真實，但就連這一點令人憐憫的真實都不知去向。

「小雪！孩子，小雪！」

等到我的呼吸平復到某個程度、回過神時，我已經被阿姨摟在懷中了。阿姨彷彿半跏思惟佛像般單腿盤起，讓我坐在上頭，下巴抵在我的頭頂上，一隻手臂牢牢地圈住我，另一隻手則輕輕拍撫我的背部。這對於兒時就小病不斷的我來說，是再熟悉不過的姿勢。阿姨的身體如嫩豆腐般軟綿綿的，好像全身上下都沒有肌肉似的，但像這樣圈抱住我時，卻如水蚺般力大無窮。

阿姨很清楚，當我無法呼吸、大口喘氣時，要更用力地抱住我，才會有效。當我受驚嚇或鬧脾氣時，阿姨用這種方法好幾次救回了難以呼吸的我。從來沒養過自己孩子的阿姨，卻能自行領悟這些，這甚至令我感到神祕，無論是生兒育女的安德森太太或時賢媽媽，都對此一竅不通。

等到我呼吸穩定下來，阿姨才鬆開手臂。只要我哭鬧一回，阿姨就會老上十歲，現在阿姨就像個白髮蒼蒼的老奶奶。如火苗般的怨恨因呼吸困難而窒息了。阿姨蒼老的面容讓我於心不忍。我理解了阿姨所說的話，明白她說看不見也聽不見的那種茫然並非謊言，也諒解她無法找到自己親手埋葬的阿寇的苦衷。阿姨並沒有又對我說謊，那張悲傷的臉是不可能說謊的，在我內心的某個角落如此吶喊著。我們靜靜在長椅上坐了好一會兒，我又再次失去了阿寇，雖然不想再埋怨阿姨了，失去的痛卻如此椎心刺骨。

「我要走了。」

「嗯。」

阿姨失魂落魄的，也不問我「沒事了嗎？」「吃完飯再走吧」，在我離開長椅後，依然坐在原地動也不動。

口袋中的手機持續震動，一路上被震動聲擾得心煩意亂，一直到時賢家附近時，我才心不甘情不願地打開手機。妳在哪裡？晚回家時要說一聲。我們很愛妳，也很擔心妳。全都是郭恩泰醫生叔叔夫妻倆傳的訊息。一見到放在地鐵站出口的垃圾桶，我就衝動地把手機丟了進去。雖然腦中閃過我實在太胡來了的念頭，但手腳率先採取了行動。事已至此，我也無意去翻垃圾桶，把手機重新拿出來。

「過分耶。」

轉過頭，原來是時賢一臉無言的模樣。他手上拿著我剛才不偏不倚丟進垃圾桶的舊式手機。

我一時氣結，嗆了他一句：「你幹麼偷偷跟著別人？」

時賢也沒有否認他尾隨我。

「你到底什麼時候開始跟著我的？」

「是為了妳養的狗嗎？」

時賢的表情總是如此，清秀冷淡。他的五官本來就長這樣。除了家裡的 wifi 會不停開開關關，時賢一樣也不缺。他有著好看的臉蛋、過人的才能，甚至是富裕的家庭。然而，曾經如火苗般燃燒的欣羨與嫉妒，在一個屋簷下同住幾個月的期間，已經不知消失去哪了，如今我帶著彷彿觀看自己的同情心，看著這孩子。

「要幫妳找嗎？」

他又在說什麼啊？真是被打敗了。我不自覺地用鼻子輕輕哼笑了一聲，但時賢很認真地要我在這裡等，接著便展現了他具備的多樣才能之一——用他那雙如鶴般的長腿輕盈彈跳跑遠，不僅看來一點也不費力，而且快到令人難以置信。

轉眼間，時賢就不見人影，我置身在一股奇妙的期待感中等著。沒多久前，我才狠狠發下重誓，決定再也不相信任何人，但我這麼快就相信了他說的話守在這裡，真是太奇怪了。

時賢和向量一起回來了。從遠處看上去，那隻背部像一把弓，一下子拉直，一下子彎曲，奔跑時四腳完全不著地、活力充沛的狗，臉上也掛著燦爛的笑容。阿寇曾經那樣笑過嗎？最令人惱怒的，莫過於時賢站在我面前時，我正在傷心哭泣。

「別哭了啦，向量會替妳找到的。」

時賢假裝沒看到我哭，沒有停下腳步就經過我身旁，朝地鐵站走去。向量在地鐵站的階梯前畏縮了一下，就跟著時賢忙碌地邁開了步伐。我跟在時賢後頭不停嘟囔，那隻嫌棄點心是南瓜、向時賢媽媽討地瓜的狗，竟跟著時賢跑出來，要替我找阿寇，真令人傻眼。

「那裡有各種狗走來走去，向量要怎麼知道阿寇的味道？」

時賢很神氣地從外套口袋拿出項圈。我不敢相信自己的眼睛，但那條紅底沾滿褐灰色狗毛的東西，正是阿寇的老舊項圈，我很肯定。

「叫妳阿姨改一下密碼，0101也太遜了吧。」

阿姨家的玄關密碼從來都是我記憶中的那組數字，不曾改過。我初到草葉育幼院那天，只要是看過那受到詛咒的影片的人，就能不費吹灰之力地知道是一月一日。

我們來到幸福大廈的遊樂場時，夜幕已經降下。時賢很認真地把阿寇的項圈遞到向量面前。劉海如一大團蓬鬆棉花糖般的小白狗，將鼻子埋在老舊項圈嗅聞，看起來一點都不可靠，但時賢比任何時候都充滿自信。

「牠知道是妳救了牠，所以，向量也會替妳找到阿寇的。」

我又開始像個傻瓜般哭起來。雖然感覺自己好像夏蟬一樣，動不動就哭個不停，快被自己搞瘋了，但也克制不了。我無法向任何人吐露，我用門牙狠狠咬住虎背熊腰的郭恩泰醫生叔叔的手臂時，那一刻有多孤單，又有多恐懼。我雖然不認為自己做對了什麼，或幫助了誰，但時賢說的那句話要比說一百萬次謝謝更強大、更能安慰我。時賢又假裝沒看到我哭了。

我們默默跟在向量後頭。每當碰到樹幹或長椅椅腳，向量就會聞個不停，撒點尿宣示地盤，不管從哪個角度看，都不覺得牠是隻嗅探犬，只是隻不懂事的小狗在悠閒散步，但在我們眼中，就連那個模樣都嚴肅萬分。時賢不時會把項圈湊到向量的鼻子前，鼓勵向量不要忘記自己的任務，大約繞完公園的一半時，向量將鼻子埋進草叢的某處並開始汪汪叫。我們猛然停腳步，緊張不已。

「看來是這裡。」

向量將鼻子湊近地面，低聲吠吼，接著抬起頭，雙眼發亮，用前腳開始扒挖泥土。雖然以前向量在公園時，也曾用前腳認真挖土，把某人埋得好好的玉米找了出來，此時的樣子卻和當時不同。牠像是在泥土上做記號般，用後腿扒挖幾次，接著便猛然停下來等待我們。要是向量有接受全套訓練，搞不好會成為很出色的嗅探犬。

老實說，我不知道現在自己該做什麼，只像是天塌下來似的站著哭個不停。一碰到與阿寇有關的事，內心就會變得無比脆弱，總之都先哭再說。

「要挖挖看嗎？」時賢問。

我使勁搖了搖頭。要把已經死掉超過一季的阿寇挖出來，光用想的都覺得嚇人。如果找到的是吃到一半的玉米或熱狗，又該怎麼辦？

我明白了，世界上有些事情，是無論你再怎麼拚命掙扎，到最後一刻依然無法確認，只能任由它隨時間流逝。阿寇與我最後的道別，正是屬於這種冷酷無情的類型。只能走到這裡，就此打住。就算阿寇沒有被葬在這裡，牠也會原諒我的。在天上的牠會明白我沒有遺棄牠，而且到最後都試著想找到牠。我為這一刻能與向量、時賢在一起而心懷感謝。因為有四隻腳沾滿泥土的向量，以及四肢如蜘蛛猴般細長的時賢，阿寇與我最後的報別，才得以縈繞著某種熟悉而美好的氣息。

在我哭泣時，向量和時賢又佯裝不知情，靜靜地等待我，接著我們就回家了。在回家的地鐵上，我們坐得離彼此遠遠的。雖然我們被時賢媽媽臭罵了一頓，問我們這麼晚了究竟跑去哪裡，但我們都把嘴巴閉得緊緊的，沒有回答。

今天發生的關於兩條狗與兩個小學生的事，我們希望只有自己知道。

11

聖誕節即將到來時，我回到了溫谷洞的幸福大廈。

阿姨張開雙臂緊緊摟住我，蹭了蹭我的臉頰，然後隨即熟練地炒好辣炒豬肉端上桌。阿姨具有各種優點，我覺得「單純」也包括在內。阿姨並沒有對我的惡劣行徑心懷厭惡，也沒有為我從郭恩泰醫生叔叔的家回來感到傷心。彷彿什麼事都沒發生，我回到這裡是非常理所當然的事。回家之後，很自然地吃著辣炒豬肉，我什麼都不必解釋，只要大咧咧地躺在地板上就行了。

吃完辣炒豬肉和蔥泡菜的晚餐後，阿姨表現得好像我到昨天為止，每天都固定從溫谷小學放學回家似的，整個人沉浸在最近愛看的晚間電視劇中。

「這在演什麼？」

「喔喔，沒什麼啦，但還不錯看。那個男的和那個善良的小姐高高興興地交往，結果公司老闆的女兒對自己有意思，所以打算背叛女朋友，世上的爛男人還真多。」

阿姨嘴上說沒什麼，卻很有事地激動咒罵男主角。我坐在阿姨身旁看了一下電視劇，但從中間才看實在不太能入戲，於是就回到房間。房間和幾個月前離開時一樣，但我喜歡的書已經帶去時賢家了，所以桌上擺的都是我很少碰的書。我取出幾本來讀。無論我是在看書、翻冰箱還是做別的，阿姨的視線都很認真地盯著電視，我就像穿上了一套很久沒穿的舊衣服般，感到自在極了。

仔細想想，我從來沒有從阿姨口中聽到她要我做什麼，或不要做什麼。不管我做什麼，阿姨都不懂，只要是我做的，就覺得那是好的。但絕不能說，是因為阿姨並非我的親生父母，對我的愛與關心不足才這樣。阿姨毫不吝惜地大方給予微笑，隨時用雙臂牢牢抱住我。一直以來，在我反覆經歷收養與終止收養的過程，帶著茫然發白的腦袋回來時，阿姨也總在原地等我，一次也沒有落下。我雖不太懂親生父母的愛是什麼樣子，但絕對不能說阿姨給我的就比那微不足道，不可以這麼說。假如有人說這種話，那個人往後勢必要為自己想法短淺，在地獄受到相對應的懲戒。

我盯著阿姨完全集中在電視劇的後腰許久，最後吐出的，卻不是一直擱放在內心的感激之情，而是不滿。

「好無聊。」

「嗯？怎麼了，在阿姨家很無聊？」

阿姨一時慌了手腳，還沒完全從興致盎然的電視劇世界中走出來。

「我這麼久沒回來，也不問我過得怎麼樣。」

這種無理取鬧的行為，連我都覺得無言，因為剛才吃晚餐時，阿姨問我過得怎麼樣時，我還很沒誠意地回答：「吼，不知道啦，都很好。」

「嗯？阿姨本來打算看完電視就問妳啊，我的寶貝，在醫生家過得好嗎？時賢沒有欺負妳吧？」

我之所以三不五時對阿姨耍性子，都是因為笨蛋阿姨不會發脾氣，總是百般縱容我。我雖然會到處耍性子、發脾氣，理由卻各不相同，有時是真的生氣，有時是心裡恨得要命，也曾因為痛恨阿姨而發脾氣。但我之所以對阿姨耍性子，是因為確信阿姨會照單全收，這種確信的滋味太過甜蜜美好了。像我這樣的孩子，只要遇見屹立不搖的基地，就會咚咚用力踩踏，確認地面夠不夠穩固，然後暗自竊喜。而且阿姨雖然很笨，卻又具有某種神通廣大的本事，儘管我的狀態真的很糟時，阿姨會很不知所措，但我如果像這樣胡亂鬧脾氣，就會連聲說「唉呀、唉呀」，和我一搭一唱，不會特別擔憂。

在這段期間內，我又變本加厲了，幸福大廈的簡陋出入口和阿姨家老舊的生活用品讓我看了很不順眼。在有樹林與河水環抱的高級大樓四十八樓居住的幾個月內，我的眼光也跟著長到了頭頂上。說我是稍微懂得了有錢人與窮人的人生有什麼差異也可以，畢竟我也是個人，總是比較喜歡時髦高級的東西。

但是，徹底融入這裡的濃厚自由香氣，無論我做什麼，都會不以為意地接納的閒適感，肯定是每天晚上坐在餐桌前，仔細詢問今天學了什麼、過得怎麼樣的時賢家所不懂的。在時賢家，時賢和我總有種站在舞臺上表演的感覺，大人的焦點時時刻刻放在我們身上，目光也從來不會中斷。在刺眼的鎂光燈底下，就連呼吸的空間都沒有。

「不管我變成什麼樣，阿姨都不在乎吧？就算我整天遊手好閒，只會滑手機，最後變成笨蛋，阿姨也無所謂吧？」

「嗯？手機？最近的孩子們玩得太兇了……當然不行啦……」

阿姨隨即支支吾吾，失去自信。即便阿姨再怎麼軟弱，看到我拚命滑手機、整天遊手好閒，也會看不下去，碎念這樣眼睛會壞掉。但只要我徹底無視阿姨的嘮叨就沒事了，阿姨不會採取激烈的懲罰，像是搶走我的手機或威脅不給我零用錢，也不懂得拔掉分享器或搶走充電器等方法。阿姨只會碎念個幾句就放棄或忘得一乾二淨，接著就出門去通百食堂工作賺錢了。阿姨出門後，要不要玩一整天手機，決定權完全在我手中。

假如時賢住在阿姨家會怎麼樣？我雖然住過時賢家，卻不知道時賢住在阿姨家會是什麼樣子。只要克服簡陋環境造成的第一次衝擊後，時賢一定會放下智慧型手機，喜歡上這個任何事都能隨心所欲的地方。搞不好他會整天看 Youtube 研究舞步，也或許會走向與郭恩泰醫生叔叔夫妻倆的期望截然不同的未來。關於時賢的未來，我無法負起任何責任，但我很想餵時賢一匙這香甜美好的不以為意。這是握在我手中最棒的東西，在完美家庭成長的時賢唯一沒有的就是這個，在馬虎鬆散、漏洞百出的父母底下享受的自由，以及朝氣蓬勃的人生。

「唉唷、唉唷，真是天下大爛人。」

在我暫時陷入思緒時，阿姨再度幸福地走進了電視劇的世界，只為了低聲咒罵那個遺棄多年女友、一心想出人頭地的狡猾男人。

最近，我每舀起一匙飯，就會覺得自己進入了鬧彆扭的青春期，就是不想讓阿姨毫無牽掛地專心看電視劇，總要不滿嘟囔個幾句，妨礙阿姨觀賞幸福的電視劇。

「阿姨，妳真的無所謂嗎？就算我整天四處亂跑，也不讀書，只會一直滑手機，隨便過日子都沒關係嗎？」

「嗯？妳在說什麼……當然不能隨便過日子啦……」

「可是阿姨又沒確認我在做什麼，也沒有罵我啊。」

「那個喔，因為阿姨在食堂工作啊……我應該照顧我們家小雪，卻照顧不了……」

「我不是說那種，不是有別的嗎？像是我很不乖的時候，對阿姨沒大沒小，還會頂嘴，阿姨也沒罵我啊，為什麼？我變成壞小孩也沒關係嗎？」

「嗯？因為妳還是孩子嘛……原本那個年紀就會這樣，不會因為現在沒大沒小，就變成壞小孩。」說完後，又連忙補了一句：「還有，妳哪有沒大沒小，從來沒有那樣啊。」

「我很不聽話啊，那時候，不是有拿到教育券，可以免費上補習班，可是我還是說我不想去啊。」

「那個喔……只是說出心聲嘛，因為不想去上，才說不要啊。」

「我在說那句話時，不是還瞪著阿姨大吼大叫嗎？那不就是沒大沒小嗎？」

「這都是小孩子會做的事，大家都是這樣長大的，不用擔心。」

「那我想做的都可以做囉？什麼都可以？我可以兇巴巴地瞪大人、對大人大小聲、跟朋友吵架、突然說不去補習班、滑手機……什麼都照我想的做？」

阿姨把我在地板上滾來滾去的腦袋瓜扶起，擱到自己的膝蓋上。阿姨厚實的手掌，還有圍裙的氣味，長期使用清潔劑的味道與聚積在老房子內的生活氣味混合在一起，填滿了我的呼吸器官。

「哎呀，小不點。」

阿姨掀起我的T恤衣角，從來沒見過陽光的白皙肚子在日光燈底下露了出來。我以為阿姨要搔我癢，結果不是，阿姨用厚厚的手掌輕輕撫摸我瘦巴巴的肚子。

「小雪，我說，妳身上最漂亮的地方是哪裡？」

我一時回答不出這個沒頭沒腦的問題，因為阿姨每次都會講不一樣的答案，一下說我前後特別凸的腦袋瓜漂亮，一下說我的單眼皮漂亮，一下又稱讚我細長的腳指頭最美了。

「小雪，妳全身上下最漂亮的地方是肚臍，是肚臍眼。」

什麼肚臍眼啊。這是我過去從沒聽過的新答案。

「妳還是小寶寶時，就是個很神奇的孩子。其他孩子只要稍微哄一下就行了，妳卻不行，固執得很。我一直覺得很神奇，什麼都不懂的小寶寶卻那麼有主見，不覺得很神奇嗎？不過我看了一下，妳的肚臍眼長得就是這種性格。」

我枕在阿姨的膝蓋上，將頭貼在脖子上，往下看著我的肚臍眼，就跟我平常看到的沒兩樣。

「妳看，妳的肚臍是直的，又細又長，但其他孩子都是像甜瓜一樣圓圓的凸出來，不然就是像阿姨一樣，變胖之後癟成一條線。從來沒有看過像妳一樣直立的肚臍眼，所以妳才會那麼有主見。」

真是被打敗了，我忍不住笑了出來。

「什麼意思啊？因為這個肚臍眼，我才這麼固執嗎？」

「就是像指南針一樣啦。」

阿姨說著讓人傻眼的話，表情卻超級認真。很少見到阿姨這麼自信滿滿的樣子。

「還是小寶寶的時候，妳的肚子中間就豎立著一根指南針。我看著它心想，啊，以後這孩子應該不會迷路了，我也不必操心什麼了，因為妳總是知道自己要什麼，然後自行去尋找。雖然指南針剛開始會不停搖晃，但最後都會指向正確的方向。」

我將整顆頭埋在阿姨的圍裙裡，開始哭起來。

雖然阿姨一直都是個笨蛋，今天更是笨到了極點。竟然說我肚子上有指南針，隨時都知道正確的方向。阿姨就是帶著這麼笨的念頭撫養我的嗎？看著脾氣倔強得要命的小不點，卻說我的肚臍眼上掛了一根指南針，為它感到高興嗎？我根本是暈頭轉向，別說東西南北了，前後都黑壓壓的一片，都覺得天旋地轉了。自己該怎麼活下去，該去補習班還是不去，該回時賢家還是繼續待在阿姨家，這些我全都不知道。我的搖擺不定要比其他人多上一百倍耶，阿姨真是個大笨蛋。

我放聲大哭，哭得好久好傷心，直到最後轉為哽咽啜泣為止，阿姨都沒有說話。搞不好阿姨一邊輕拍我的背部、撫摸我的後腦杓時，還偷偷瞄了一下電視劇，但從我初次來到草葉育幼院的新年清晨，直到今日，那個輕輕拍撫我的溫暖手掌從末改變過節拍。假如我的肚臍眼真有指南針，那說不定阿姨的手掌上有節拍器。老是頭暈眼花的我，不需要更多別的東西了。

哭到心裡痛快了，我決定吐露過去一直折磨我的問題，吐露即使我的肚臍眼不是指南針，而是世界上最頂尖的電腦也無法解開的難題。

「阿姨，我必須去看院長嗎？」

阿姨停下拍撫的動作，遲遲沒有回答，我甚至害怕得顫抖起來。

臥病在床六年，接著在療養院聯合舉辦的壽宴前幾天辭世的院長，化為一根尖刺，深深扎進我的心臟。超過一個月的時間，我都不敢照鏡子，害怕鏡子會責罵我。院長多疼愛妳啊，為了妳赴湯蹈火、在所不辭，妳卻沒去參加葬禮，也沒有去墳前問候一聲，妳真是個不知感恩圖報的臭丫頭。我擔心鏡子中的臉會開口講話，把全世界的咒罵都拿來罵我，所以完全不敢照鏡子。

但這問題對我來說沒有那麼簡單，假如對院長施予我的恩惠心存感謝的時間為十一年十一個月，現在我過的就是世界上最混亂、憤怒的一個月。每天入睡前，我必然會墜入想像之中。想像中的我功成名就，比任何人都要名聲響亮，我參加大韓民國最大的電視臺、最炙手可熱的電視節目時這麼說：

「多年前的新年清晨，有人在廚餘桶發現還是新生兒的我，那個新年節目作假，是一心追求收視率的製作人編造的垃圾謊言。而草葉育幼院的尹甲明院長與他狼狽為奸，收到了豐厚的支助金。總而言之，那個節目的內容完全是捏造的，我並不是在廚餘桶被發現的孩子。」

每當想像至此，我就會咬著枕頭哭成淚人兒，為這荒謬的想像哭泣，也為即便這件事實現了，也沒有任何好處而感到絕望。假如真的在節目上公開做更正啟事，才真的事情大條了。至今連我是誰都不知道的人也會知道我和廚餘桶之間的寒酸故事。一言以蔽之，這件事已經無法挽回了。我和廚餘桶就像是一起從媽媽的肚子誕生般合而為一，再也無法拆散。就算地獄的閻羅王親自出馬撥亂反正，靠他手上的所有權力，也找不出什麼絕佳妙計。

這令我委屈到快發狂。院長給予我的所有愛與恩惠，全都是足以令一切變質、醜陋的致命謊言。多虧她參與了這場謊言，即便我吃得再飽、穿得再暖，心情也沒有半點好轉。反正我是個遭人遺棄的孩子，而且這麼窮困，假如此時給予我選擇權，我寧可選擇過得比現在更貧困、更孤單，但與廚餘桶毫不相干的人生。哪怕是一百遍、一千遍，我都會如此選擇。直到我死，我都不打算原諒院長，也沒有閒工夫去質問為什麼要說那種謊，只為院長就這樣撒手人寰感到忿忿不平。

戴上憤怒的眼鏡後，發現院長為我做的其他事，也沒什麼能稱得上是愛。出生當天被人發現，但直到我兩歲前都沒有送養，一直待在草葉育幼院，八成是因為必須有我在，才能收到更多捐款。院長肯定是故意不送我去，想要盡可能的拖延。

多虧有我，草葉育幼院才得以欣欣向榮，院長也因此成了權貴人士。一有空就風姿綽約地上節目，慨歎現今人心不古，收養父母毫無責任感，但院長替我選擇的養父母，都是責任感不怎麼強的人。只要碰上困難，他們最先拋棄我。想必選擇我的養父母時，也是以捐款金額為基準。一旦有人終止收養，就再次把它當成武器來募款。

一切都是為了捐款，院長並不愛我，只是利用我來滿足自己的慾望罷了。可是好奇怪，覺得無辜、氣憤的人是我，被追究過錯和手足無措的也是我。

「怎麼不去院長的墳前問候一聲呢？人家是怎麼辛苦拉拔妳長大的，妳真是個不懂感激的丫頭啊。」

鏡子中的臉透過我的嘴巴絮絮叨叨，所以我不敢照鏡子。我根本無法得知什麼正確的方向，我那直立的肚臍眼不可能是指南針。

「我太怨恨院長，太生氣了，又覺得不能不去向過世的人作最後的道別。我不知道該怎麼辦，所以決定照阿姨說的去做。我，應該要去打聲招呼嗎？」

我迫切地盼望，阿姨會說「妳可以不用去」，畢竟阿姨總是和我站在同一陣線，所以可能會叫我不要去。我想以此為藉口，告訴鏡子中的臉，是阿姨叫我不要去的。

「阿姨也覺得好害怕……小雪，怎麼辦？」

聽到這出乎意料的答案，緊緊纏繞著我的腦袋的透明強力釣竿頓時應聲斷掉。

「院長是因為我才過世，我連向她道歉的機會都失去了。要是我沒說那麼重的話，院長現在應該還活在世上，我怎麼會講出這麼狠毒的話呢？我到現在還不敢相信這件事，晚上都睡不著覺。」

阿姨像在講悄悄話般，聲音好小、好小，眼眶泛滿淚水，臉部顫抖。

「院長在靈骨塔。辦完葬禮後就沒去過了。我好幾次人已經走到靈骨塔前了，最後還是沒進去。我實在沒臉見院長啊，馬上就新年了，我得找個時間過去才是。心裡雖這麼想著，卻鼓不起勇氣。」

我整個人嚇呆了。我只顧著自己的痛苦，卻沒想到阿姨也同樣煎熬。阿姨說了重話，院長因此離世，但阿姨是唯一待在孤單了一輩子的院長身邊的人。雖然在草葉育幼院共事的幼兒老師不少，但院長生病後變得性情刁鑽，溫順地留在院長身旁的只有阿姨。畢竟除了像傻瓜般連聲稱是的阿姨，沒有人能忍受。聽起來好像不太公平，明明一直默默承受院長的壞脾氣，事情才演變成這樣，但陪伴在身旁的漫長光陰卻不知去向，只留下滿滿的罪惡感。

「……阿姨，妳也討厭院長嗎？」

「討厭啊，院長太過分了，怎麼能因為我說了重話，就這樣撒手人寰。」

阿姨開始哭。假如我對阿姨大吼「妳是大騙子，是世界上最壞的人」，隔天阿姨卻死掉的話，我要怎麼度過剩下的人生？想必那會成為阿姨留給我的最大詛咒。

持續折磨阿姨的那句重話，其實只是阿姨代替我質問了院長。要是我能早點知道實情，一定會把這句話說上一百遍、一千遍。想到我完全不知道院長對我做了什麼事，還在院長面前誠惶誠恐，我就會像是被火灼傷般猛然跳起來。如果我對院長說了相同的話，而院長因此死掉，我大概會陷入比現在深一百萬倍的地獄。假使我必須揹負對討厭的人的愧疚活下去，一輩子都無法卸下，我搞不好會無法承受兵分兩路暴走的心，最後徹底發瘋。

一想到這裡，我突然大驚失色。對院長的怨恨已經夠沉重，足以讓我死命掙扎一輩子了，那上頭差點又多了因我而去世的愧疚。這等於是阿姨代替我揹負了終生的痛苦。我只顧著沉浸在自己的痛苦，卻無暇顧及阿姨，愧疚感這才姍姍來遲。我還為了阿姨隱瞞阿寇之死而暴跳如雷、心生怨恨，現在想想，自己實在很誇張。

新年的早晨，我們決定一同前往院長所在的靈骨塔。雖然不知道最早是誰說要在新年第一個早晨去靈骨塔，但我們兩人彷彿想出了什麼舉世無雙的妙計，高興得不得了。阿姨像要去郊遊似的，一大清早就起床包紫菜飯捲。我一下碎念紫菜飯捲的形狀被壓壞了，一下嫌雞蛋絲太鹹，還不忘伸手把切成長條狀的火腿拿起來吃。

看著傻呼呼的阿姨高興地包著紫菜飯捲，我已經暗自快速盤算完畢。阿姨的心很脆弱，性格又很單純，加上現在對院長有滿滿的愧疚感，所以等我們一抵達靈骨塔，阿姨就會開始哭。她一定會使出吃奶的力氣嚎啕大哭。而在阿姨如瀑布般的淚水背後，我將會掩住我清澈的雙眼，絕對不會發生為院長落淚的事。雖然她口口聲聲說愛我，卻只是為了滿足自己的私欲，而我嘴上雖說感謝院長，卻打從心底討厭她。我絕對不會哭，我如玻璃珠般的一雙眼睛會安全地藏在痛哭流涕的阿姨後面，不被任何人發現，不動聲色地從靈骨塔回來，欺騙全世界的人，並且搗住鏡子中的我的嘴巴。

靈骨塔這個名稱給人一種陰森森的感覺，所以我一直想像會是在黑漆漆的地下公墓、有個長滿青苔的石頭抽屜之類的，沒想到那裡明亮又溫馨。白得耀眼的空間內放了各種形狀的罈子，擺滿讓人回憶往生者生前幸福時光的美麗照片和紀念物。

靈骨塔的明淨敞亮震懾了我，我還沒來得及整理好心靈的衣角，院長開朗的臉孔就瞬間淹沒了我。因為已經很習慣院長蒼老的病容，幾乎忘記了那張臉。沒有半根白絲的俐落短髮，脖子上圍著時髦的圍巾，手捧花束的漂亮模樣，似乎是在某個機關領獎時拍的。我曾經看著院長充滿朝氣地下達各種指示，漫不經心地摸摸我們的頭，接著走出育幼院的曼妙背影，我認為她是世界上最帥氣的女性，長大後我也想成為那麼帥的人。

草葉育幼院是個開著熱呼呼的暖氣，桌上也有豐盛菜餚的地方，一年四季都有大學生志工來讀書給孩子聽，協助我們寫作業。在院長「只有用功讀書才能過好日子」的耳提面命下，草葉育幼院的孩子都很用功。每逢佳節或年末，我們會去規模很大的披薩店，欣賞披薩師傅將手中圓如棒球般的披薩麵團拋向高空，手腕不停旋轉，把麵團變成一大片披薩餅。接著，我們親手放上火腿、蔬菜和起司等喜歡的配料，再放進烤箱烤得香噴噴的，一起享用美味披薩。雖然幾乎每年都大同小異，但這項活動很有趣，怎麼都玩不膩。院長將那麼多活動辦得有聲有色，當時開心的模樣就記錄在照片中。

我也不懂自己為什麼會哭。我放聲大哭，哭到連呼吸都困難。實在很神奇，明明內心沒有哭，身體卻自顧自地哭了起來。哭泣彷彿從身體深處爆炸般宣洩，單憑內心的寒氣根本無法平息這場爆炸，我只能毫無抵抗地哭泣。

我不敢相信，愛與貪欲、感激與憎恨這位於兩個極端的東西，竟會合而為一，就連界線在哪裡都分不清。若結論是它們一直都是一體兩面，未免太不甘心了。就算奉獻我的一生，我也想將它們一層層剝開，依照每個要素分門別類。我想放聲向世界吶喊，在完全糾結成一團的情緒中，光鮮亮麗的愛與感謝只有一層表皮，後面全是漆黑的貪慾與尖銳的憎恨。

然而，這突然爆發的淚水，正無聲地低訴院長與我之間的愛與感謝，要比我所想的更浩大也更沉重，而非只有一個拳頭大小。淚水無聲地低喃著，追究愛與感謝、貪欲與憎恨各有多少分量是沒有意義的，若想逐一挑出、加以確認，也許那將會是揮霍我整個人生也不足夠的漫長時間。

世界上存在著直到最後都無法確認的事。就像無法確認被埋在泥土裡的是玉米或阿寇。某些不能去確認的，只能在這打住，到此為止。淚水是一條透明的河，要我把失去後無法挽回的一切委屈與沉重全數送走，不再執著那究竟是愛、是貪欲、是感謝還是憎恨，緊緊握住直到滲血的雙拳，也在河水中緩緩鬆開了。我凝視著指縫間流淌的淨水，如今，是該放掉一切，是該哭泣的時候了。

我將身體交付給痛哭之河，祥和的喜悅便翩然降臨。下決心不在院長的靈骨堂哭泣是很傻的想法，新年第一天前來靈骨塔的家人，除了我們還有好幾個人，但沒有任何父母、兄弟或子女像我們一樣哭得這麼傷心。總覺得這會是一幅美麗的畫面，院長在天之靈一定會為此刻感到高興，不會過問我內心的憎恨、愛與放棄各有多少分量，一定是如此。我很瞭解那位喜歡在人前炫耀的人。儘管在無從炫耀的老年，她變得陰沉易怒，但在不乏炫耀之事的時候，她總是笑容滿面、充滿活力，而我，深愛著在得意炫耀時最為美麗動人的她。

短時間內排出了過多水分，我們都感到頭暈目眩，必須按著牆面才能走路，彷彿全身變成了酥脆乾燥的紙張。阿姨和我攙扶著彼此，在休息室坐下。兩人就像癩蛤蟆般雙眼紅腫，喉頭也噎住了，精心做好的紫菜飯捲一塊也沒吃，只啜了幾口裝在保溫瓶的溫暖大醬湯，默默望著外頭冰天雪地的冬天庭園，接著走向公車站。像在鞭打肌膚的寒冷似乎讓紅腫的臉蛋鎮靜了下來，實在讓人心生感激。

並肩坐在公車上時，阿姨對我悄聲說：「小雪，我們是哭最慘的人吧？」

「嗯，因為路過的人都好奇地探頭看我們那一間。」

「院長一定會很高興，區區家人也沒什麼了不起的。」

「對啊，因為我們哭最慘。」

阿姨似乎也有相同的想法。越想就越覺得我們剛才大哭特哭的模樣實在很棒，忍不住咧嘴嘻嘻笑了起來。

「阿姨，我到現在還是很難過，雖然因為院長收到了很多捐款，我們才能過好日子，但我真的好討厭那個謊言。假如可以把錢都還回去，當作一切都沒發生，那該有多好。」

現在我已經接受無法挽回這個謊言，也接受了無法區分那些捐款是愛或是貪欲了，那就和阿寇一樣，是屬於無法確認的領域，只能下定決心告訴自己，到此為止，就此打住，然後讓它隨風而逝。無論是憤怒或委屈，都被淚水洗褪，內心於是得到了平靜。只不過，我想最後一次向阿姨抱怨，因為阿姨都會照單全收。阿姨摟住我，讓我靠在她身上。

「跟妳說呀，小雪，阿姨也有過這種念頭，假如不做那種假節目，靠著從前那間小小的寒酸育幼院撫養妳會如何呢？假如真是這樣，也許生活會更加窮困，但至少不會對妳造成那麼大的傷害，不是更好嗎？可是……假如真是那樣……」

「怎麼樣？阿姨，那會變成什麼樣子？」

在路上奔馳的公車內，時間暫時凝結了。我將鼻子埋進阿姨的舊羽絨衣裡抽泣，獨自在宇宙漂泊。

「當時，我只是想去看新年第一天的寶寶而已。假如妳是以靜悄悄的方式到來，也許之後我只會在周末偶爾抽空來看妳，因為我必須找能維生的工作。但妳上了那個節目，捐款突然暴增，草葉育幼院也變成大規模的育幼院，我也靠著照顧寶寶、在廚房工作，領到了一點薪水。小雪，就算妳被收養不在時，我也一直待在草葉育幼院，因為那裡已經變成我工作的地方，所以妳兩次回來時，我才能在那裡迎接妳。院長卸下職務、離開育幼院時，我不斷向院長求情，才把妳帶到我家，但因為各方面的條件，我並不符合寄養母親的資格，一定是院長出手幫忙了吧。小雪，這一切都是多虧了那些捐款和院長，假如沒有這些，我們不可能到今天都還在一起。」

阿姨低沉的嗓音在我耳邊打轉，我沒有把那些話全聽進去，有些聽了，有些只是左耳進、右耳出。將我環抱住的結實臂彎，輕撫我臉頰的掌心，時時刻刻讓我的身心感到平靜、力道恰到好處的壓力，我的腦中只想著這些。

少了這些的人生？假如廚餘桶消失在我的人生中，阿姨金恩淑女士竟然也會跟著消失，這兩件事竟然是一體兩面，我的天啊，怎麼會有這種事？

我常不自覺地反覆做著毫無意義的加加減減。假如我有父母，假如我有像郭恩泰醫生叔叔那麼優秀的父母，假如我能獲得捐款，假如我沒有在那個廚餘桶……我像走火入魔般，執著在這些根本不可能發生的加減法上，每天的計算都不同，有時我心想，反正我無父無母，什麼都不重要，有時則頑強地抵抗，既然沒有父母，那其他的一個也不能虧損。從來沒有一次是有剩餘的，有時候賠很多，有時候則賠得少。

但在這一切加法與減法中，一次也未曾登場的數字就是阿姨。因為從來沒有改變過、始終待在我身旁，壓根沒必要苦惱其中意義的阿姨，就連存在本身，也不曾有過懷疑。

阿姨之所以會在我身邊，正是因為我是從廚餘桶被抱出來的。

阿姨真的很神奇，我進了小學，做完個位數的加減法後，不管怎麼考阿姨，她沒有一次講出正確答案。其他孩子都有父母幫忙，甚至還會替他們寫功課，但阿姨在還沒聽到我的問題之前，就已經面露驚慌，讓我連想問的念頭都消失得無影無蹤。原因就在於阿姨說自己很不會讀書，就連國中學業都沒有完成，這番說詞有很高的可信度。

這麼愚笨的阿姨，偶爾也會有讓我大吃一驚的時候。就像在這種時候，找出沒有任何人想得到的某件事的隱藏原因時，我就會懷疑這個人是否真的是那個笨蛋金恩淑女士。應該有什麼說法是用來形容這種人才對。我真希望有人能告訴我，應該用什麼來稱呼像阿姨這種平時笨得可以、時而又說出很有智慧的話，這麼不可思議的人。

公車踏過白色的氯化鈣粉末[4]，停在我初次見到阿寇的巷口公車站。我像是開啟一扇新世界的門般，一把推開冰冷的空氣，從公車上跳下來。我吵著想吃炸醬泡麵，硬是把阿姨拉進超市。就在我們回家後，煮滾了水，打算放入兩塊泡麵時，門鈴響了，站在門前的是手上提著生日蛋糕的時賢一家。

郭恩泰醫生叔叔提議要去高檔的地方辦生日派對，但剛回到家的我們不想再出門，就決定用常備菜辣炒豬肉和炸醬泡麵舉辦派對。我表演了一場秀給時賢看，在炸醬麵上放上起司片和一顆荷包蛋後，就會變成一道全新的料理。因為泡麵容器會釋放有害物質，時賢家都會倒進瓷碗吃，所以他們完全不懂這種滋味。

「我們要向阿姨多學習，小雪的表情這麼開朗……」

「那是因為她本來就住在這裡，所以很放鬆。」

「不是的，阿姨，就連我家兒子的表情也不一樣了。」

時賢正埋頭吃著蓋上起司片和雞蛋的泡麵，露出不明所以的表情，他肯定不曉得自己的臉和平時有什麼不一樣，有時就是當局者迷、旁觀者清。

「小雪由我們來照顧，反倒讓您操心了。」

「是我們才該將時賢託付給阿姨才是，您真的很懂得養育孩子。」

「你們太客氣了，我什麼都……」

阿姨家的廚房太窄了，而郭恩泰醫生叔叔一家個個人高馬大，感覺我們的手腳都要糾纏在一起了。因為阿姨沒有區分用餐與甜點的概念，所以把去靈骨塔時一路帶著的紫菜飯捲、炸醬泡麵、辣炒豬肉、蔥泡菜和蛋糕一口氣全都擺上了飯桌。裝泡麵的碗都沒有成雙成對，有一半是贈品。要是在時賢家，連週末和平日使用的碗盤組都會按照季節區分，這些舊碗盤甚至不會拿給向量用。但在這裡，有一股從阿姨身上散發出的自在感，我對此感到很自豪。時賢肯定在哪都沒嘗過這等珍饈。

「阿姨，時賢爸爸最近非常努力。」

「我從小雪身上學到很多，也自我反省。本來一直認為是時賢調皮搗蛋，原來全是我的錯。」

「他啊，最近在上爸爸學校，起初還不願意去，說學的都是老早就知道的事，

4 常用來作為道路融冰劑。

但最近改變了不少。」

「尊重並認同孩子，這都是原本就知道的事，但對待我的孩子時，我卻又用另一套標準。」

郭恩泰醫生叔叔夫妻向阿姨鞠躬行禮，有種很不真實的感覺，我甚至因不忍直視而想別過頭。曾經憧憬的某個完美無瑕的存在破碎了，這無疑是件悲傷的事，但阿姨充分有資格成為郭恩泰醫生叔叔夫妻的良師。儘管阿姨始終如一的愛經常寒酸又微不足道，但含有謙遜的那份溫暖，本身就尊貴崇高得散發光芒。就像轉學第一天，那些貴婦身上讓我大開眼界的低調光芒，全身上下散發光芒的當事人表現得就像呼吸般自然，不僅自己沒有察覺，甚至還很淡然，但羨慕這點的人，無論再怎麼東施效顰也做不到，它就是如此不尋常與美妙。

「我可以在畢業典禮那天上臺表演嗎？」

在肅穆與崇高的氣息籠罩的小餐桌上，很突然地響起時賢的聲音。

乾掉後黏在碗裡的炸醬麵黑色醬料、攪拌在一起的辣椒粉和融化的起司殘渣映入眼簾。郭恩泰醫生叔叔很努力想要牽動瞬間凝結的臉部肌肉，露出微笑，而我只是靜靜看著他粗厚的脖子上冒出了青筋。

「畢業典禮會做這些？」

「因為是我上臺。」

原來世界上還有這麼簡單的理由啊，我忍不住暗自讚嘆。

郭恩泰醫生叔叔硬擠出來的笑容顯得越來越吃力，臉部和脖子的肌肉也微微打顫，但時賢完全不把這些放在眼裡。

「我會上臺表演，因為是我上臺，因為畢業後就見不到朋友們了，因為大家都吵著要看最後一次，因為老師也都說想看最後一次，所以囉。」

時賢實在很討人厭又沒禮貌，而且絲毫不留情面。雖然這樣對待父母是很不可取的行為，我卻只能認同這一刻的時賢最像他自己。儘管如此討人厭又沒禮貌，卻不覺得厭惡，反而莫名地為之著迷，這就是時賢的力量。換作是阿姨，一定能輕易就察覺他的力量。阿姨一定會胡謅，時賢耍脾氣時彷彿要裂開的那雙眼睛，正是他最有魅力的地方，還有他一定會用那雙如箭矢般的眼睛，精準地找到自己要走的路。而時賢也會如阿姨所願，成為一根利箭，飛向自己想走的路。

「不是說好不要執著在這件事上嗎？要培養廣泛的興趣。」

「吼，什麼啊……」

「除了表演，還有很多很棒的事啊，像是運動和美術之類的。」

「吼，什麼啦，畢業典禮當天說什麼美術啊。」

「就算不是畢業典禮，現在也該認真想一下了。」

「為什麼又要扯別的！我現在是在說表演的事……」

「因為你一心掛念著它，所以才要你思考真正重要的事。」
「知道了，上國中後，我會認真讀書的。」
「不要老是拖到以後。」
「吼，拜託！」
「我想來想去，在畢業典禮上的舞蹈表演……不是你吵著要做的吧？」
「老公，現在還沒確定。時賢，我們再想想吧，好嗎？」

爸爸學校裡的課程，鐵定還沒上到畢業典禮的舞蹈表演單元。郭恩泰醫生叔叔夫妻倆的言行舉止，和在四十八樓的時賢家時半斤八兩，而神經質地變來變去的時賢也不相上下。

「我出去一下。」

我很討厭這種氣氛，於是披上外套站起身，時賢也趕緊跟著走了出來。也沒有人要求，我們很自然地就走向埋阿寇的公園。令人吃驚的是，我竟然想不起向量用四腳抓扒的確切位置。我們各自指著不同的長椅，主張自己說的才是對的。因為那天是我生日，所以就坐在我選的長椅上了，無論阿寇在與不在，我都能明確感受阿寇的溫度就在我身旁。

「妳要繼續待在這裡嗎？不回我們家？」
「嗯，我喜歡這裡。」

時賢環視幸福大廈一圈，他一定不自覺地把天寒地凍下更顯淒涼的老舊灰色四方形建築物，拿來與位於四十八樓、能俯瞰樹林與河水的自家做了一番比較吧。我完全能夠理解，因為六年前初次來到這裡時，我的心中也閃過了一抹失望。當年，我還是個內心深處對收養懷抱迫切夢想的小鬼。

「爸爸、媽媽一定會很難過，他們真的很喜歡妳。」

我並沒有問：「那你呢？」要是問了，時賢大概也會說出「喔，我不怎麼喜歡」這種回答。

「像妳這樣的孩子在我們家住也不錯啊，我爸媽也能有一個很會讀書的孩子。」

我很清楚他雖假裝言不由衷，但其實希望我跟他一起回去。

「讀書是沒問題，但應該不行，有其他問題。」

「其他問題？沒那回事，我爸爸、媽媽只要會讀書就萬事ＯＫ。」

「在你家應該真的不行，要我秀給你看嗎？」

我帶時賢走向大廈後方，在我們大廈後頭有一個很老舊的地鐵出口。沿著一年四季陰暗潮濕、鋪滿黝黑苔癬的階梯往下走，就會看到一堆顯得很陰森的東西，是丟棄在牢牢堵住的地鐵出口旁的廢棄材料，被一層防水塑膠布隨意覆蓋住。時賢滿懷好奇心尾隨在我後頭，我將蓋住廢棄材料堆的塑膠包裝袋掀起一小角，給他看了一下裡面。

「什麼啊？」

「噓。」

在層層堆疊的木板縫隙間，看到了兩枚發出亮光的眼睛。儘管戒心很重的貓媽媽沒有發出半點聲響，貓咪寶寶們卻腳步踉蹌、四腳很有力地兜來兜去。牠們探出長長的脖子，朝我們這邊看，我打開放在口袋裡的貓咪專用鮪魚罐，悄悄從木頭縫隙塞了進去。

「好漂亮，有幾隻？」

「五隻。」

「妳打算養牠們？」

「當貓媽媽發現自己無力撫養所有寶寶時，就會把最脆弱的孩子留下，自己離開，也就是請求人類幫忙撫養的意思。我會好好養牠們的。」

我媽媽一定也是這樣，她就像貓媽媽將孩子放下離開，把我擱在草葉育幼院後離去。阿姨和院長則接受了我媽媽的請求，一個人傾力收取捐款，另一人則給了我無止境的愛。這件事不再令我感到痛苦，因為對人類來說，撫養子女是極為辛苦的事，就連郭恩泰醫生叔叔這麼優秀的人，都有可能徹底迷失方向。我媽媽將我託付給了那些人，雖然無法親自撫養我，但這是兩全其美的決定。

貓媽媽一旦認為陌生人發現了藏身處，就會毫不留情地轉身離去。為了避免惹貓媽媽不高興，我們離開了地鐵站。貓媽媽身上的灰色條紋讓人聯想起鯖魚的背部，就像處於巔峰期的我，眼線又粗又濃，黃色的眼珠很是銳利。雖然從我這兒蹭得了幾次罐頭，依然沒有鬆懈戒心，會兇狠地對我哈氣。貓媽媽會把什麼樣的孩子留給我呢？真希望和媽媽相像的灰色條紋小貓可以來到我身邊，牠一定會長成像老虎般帥氣的大貓咪。

「阿姨說可以養嗎？」

「我阿姨沒有那種規矩，只要我想做，沒有什麼不可以。」

時賢臉上閃過一抹欣羨。假如時賢想在有樹林與河水環抱的河岸四十八樓家中養貓咪，就必須得到爸爸、媽媽甚至是向量的同意。時賢爸爸一定會要他約定自己會用功讀書；而時賢媽媽會說，與其帶這種寒酸的街貓回家，不如像當初帶向量回來時一樣，在寵物店購買昂貴的品種貓。相反的，我只要像當初在街上把邋裡邋遢的阿寇帶回家般，把獨自被留下的貓寶寶再次抱回家就行了。阿姨一定會大吃一驚，但還是會整理一團糟的浴室，默默從錢包抽出皺巴巴的鈔票給我。

向量以有機地瓜為食物，但我的貓咪只會吃到最廉價的飼料；向量在做高達三十萬元的寵物美容時，我會像阿姨對待我那般，給予我的貓咪如瀑布般傾瀉而出的愛。我們的生活就是如此天差地遠，但就像沒有人能說向量比我的貓咪幸福般，我和時賢也無法這樣比較。

「假如可以養貓咪，那妳要來我家嗎？」

「假如可以養貓咪，我就會住在時賢家。」這個句子讓我回想起在短暫去過的英文補習班，三不五時就會聽到的煩人假設法考題。「If」是個最令人頭疼的傢伙，只要它開始運作，問題的時態就會像四次元時空般瞬間扭曲，而孩子們的眉頭也會痛苦地糾結在一起。

生活也是如此，「假如時賢認真讀數學，就可以養小狗」的句子會成立，而小狗被取名為向量。同時，只要不遵守約定的瞬間，小狗就會被趕出家門。爸爸學校裡，不知道會不會好好教導郭恩泰醫生叔叔：小狗，是和數學沒有任何關係的。對於將來會有老虎般兇猛眼神的貓咪，我是絕對不會替牠取那種名字的。

我不想再次回到那些冒出尖刺的假設句法中。

「就算我幫不上時賢的功課，您也會繼續撫養我嗎？」

郭恩泰醫生叔叔到最後都沒有回答我的問題，只像個傻瓜般張大嘴巴，以游移的目光看著我。他沒辦法充滿熱切地說，就算我幫不上時賢的功課，就算我書讀得不好，也會繼續撫養我，一直愛我。他不懂得以非假設法的方式來愛孩子。這也難怪，畢竟無法對時賢做的事，也無法要求我做到。爸爸學校就應該教導醫生叔叔這些。

我曾經打從心底羨慕時賢，因為他可以在郭恩泰醫生叔叔如磐石般的肩膀上跳屁屁舞長大。我以為，只要像妖怪手中的狼牙棒般，快速敲個兩下，所有願望就會實現，但我後來發現，原來父母的肩膀也會晃動得很厲害，讓人天旋地轉。天底下沒有不晃動的肩膀，如此顯而易見的事實，我卻全然不知。我曾經認為時賢是像惡魔般的壞孩子，但他也不過是像我一樣，因為強烈的暈眩感，才放聲吶喊罷了。知道箇中緣由後，我再也無法討厭時賢，反而覺得，在人人稱羨的目光之中，必須在父母的肩膀上承受別人不瞭解的晃動，這樣的時賢可能比我孤單多了。

阿姨深愛著新年凌晨被遺棄的寶寶，那個孩子就是我。從過去至今，我一次也沒想過，這就像一場奇蹟。我把阿姨愛我這件事想得太理所當然，所以別說是感謝了，反倒認為它毫無價值，甚至因為羨慕其他孩子年輕時髦、還有「真正」的父母而噘嘴不高興。五月父母節的感謝信，我一直都是寫給院長，從來沒有阿姨的份，阿姨卻不曾有任何不滿。不需要複雜的假設句法，我就得到了無條件的愛。如今我才明白，那份簡樸溫暖的愛，不需要特別感謝、順理成章地就能接受的愛，原來是一個奇蹟。

在草葉成長也沒什麼不好。我現在也懂了，院長為了守護草葉而奮鬥、阿姨純樸的愛，甚至是令我厭惡到難以忍受的廚餘桶都是一體的，無法再增添什麼，也缺一不可。儘管身體搖晃得很厲害，但我在媽媽放下我離開的那個地方，用自己的雙腳站立。只要想到這點，我就忍不住抬頭挺胸，神氣十足。每逢新年第一天，我總是皺著一張臉度過，如此面露笑容地迎接新年，似乎還是頭一遭。

「妳要一起嗎？」

「一起什麼？」

「上臺表演。」

居然！這又是什麼意思？我知道偉大的郭時賢是宇上小學有史以來第一個在畢業典禮上跳偶像舞蹈的人，但為什麼要我一起站上那個舞臺？

「妳想要的話，就一起上臺。」

與其說時賢的邀請是好意，不如說是一種挑釁，時賢就是這麼討人厭。我很清楚知道在時賢旁邊跳舞會是什麼樣子，他會在舞臺上散發某種燦爛光芒，以及震懾全場的氣勢，而我則要用比時賢矮二十公分的身高和短手短腿存活下來。比讀書就算了，和時賢一起跳舞是萬萬不可。不過，因為一直站在寒冷中，四肢都凍僵了，所以我秀了幾個舞步給時賢看。

「如何？」

時賢眼中閃過某種表情。可以形容它是單純的嘲笑嗎？就是看到身手還不賴的小鬼時，會露出的那種不含惡意的輕蔑。只要提到跳舞，時賢就會認為自己是天下第一，就算我做得不錯，在他眼中也不過爾爾。但我那埋藏在厚厚的羽絨外套底下的四肢動作也很帥氣。我也經常會隨著偶像歌手的音樂跳起舞，只不過轉到宇上小學後，沒有值得慶賀起舞的事情罷了。

看到我們兩個在一起，曾經一起上溫谷小學的同學個個瞪大了眼，因為很難得見到像時賢這樣的孩子。在眾多訝異的眼神面前，我也不自覺地昂首挺胸。能和時賢一起邊走邊跳舞的畫面，是我作夢都想不到的。不久前，這個臭男生還找了我各種麻煩，如今回想起那些彷彿掉進尖刺地獄的日子，就好像是別人的事情般遙遠，雖然我厭惡那種生活的程度就和廚餘桶差不多，但無論如何，此刻的我正開心地手足舞蹈著。

「那就一起上臺囉？」

我知道，這句話也是在挑釁，不過耳中的音樂不斷湧現，我越跳越起勁，最後也忍不住點了點頭。

「妳說好？」

「好！」

時賢的眼神再度說了某句話。想必是「妳應該是瘋了吧」，而我則用四肢來回答：「對啊，我是瘋了。」我就是這麼惹人厭。這讓時賢又更受刺激了。

我們以天氣寒冷為藉口，舞蹈動作變得更果敢大膽。我在宇上小學度過了宛如雲霄飛車的六個月，剛入學時，我的願望就是讓別人看不到我，緊緊地趴在地上硬撐著，最後不留痕跡地消失，但媽媽把我放在草葉育幼院前的那一晚，大概就注定了我不會安安靜靜地從小學畢業的命運。

正如同我的雙腳站在搖曳的草葉上頭般，我也會和宇上小學惡名昭彰的大明星時賢一起站上畢業舞臺，成為宇上小學有史以來在畢業典禮上表演偶像舞蹈的孩子。儘管大家會被我的莽撞嚇到，但表演結束時，大家會將時賢遺忘，而我會跳起舞來。

我再也感受不到令人發凍的寒冷了。

音樂在我的耳畔流動著。

在任何地方，我都能夠昂首站立。

我正翩然起舞。

作者的話

那天，我與首部小說《我的美麗庭園》的讀者們聊天。小說問世已逾十年，我以為關於這部小說，該問的都被問過了，結果有位讀者拋出了這個問題。

「老師，東九（《我的美麗庭園》的主角）過得幸福嗎？」

這個問題不僅讓我傲慢的想法瞬間消失無蹤，之後也在我心頭縈繞不去。我三不五時就會細細咀嚼這句話，我的東九，過得幸福嗎？

少年東九是個心地善良、深思熟慮的孩子。他代替別人扛下過錯，為了拯救在長期衝突下徹底瓦解的家庭，為了守護深愛的人，東九奮不顧身地奉獻了一切。讀者為那孩子付出真心的搏鬥而動容，那本書也獲得讀者長久的喜愛。

眾多善良的孩子都是這麼生活的，他們會摟著受傷的家人，揪住自己幼小的胸口，心想「有沒有能夠安慰家人的方法呢？」因為家人是一群相愛也互相守護的人，也是比什麼都珍貴的人。但我，還有東九卻徹底遺忘一個事實——那孩子還很年幼、很脆弱。還有一點，比起家人的重要性，那孩子才是世界上最重要的存在。我後來才領悟到，當大人稱讚孩子「你怎麼這麼善良，心思這麼細膩」時，實則可能是想繼續忽視孩子的痛苦所使用的狡猾把戲。我雖讚揚東九的犧牲與愛，卻一次也不曾想過那孩子是否過得幸福。

遲來的愧疚感不受控地逐漸擴大。對於閱讀《我的美麗庭園》的讀者，尤其是年幼的讀者們，我究竟說了什麼呢？我會不會是告訴他們，為了家庭的幸福，孩子就應該保持沉默，甚至不惜賭上自己的人生，孩子就應該像東九一樣才對呢？

因此，在睽違十七年後，再次獻上的第二本成長小說，我極力擁護那些很有脾氣、沒有禮貌的孩子，想開門見山地告訴那些直接爆發情緒、尖銳頂撞的孩子：你們做得很好。

大人經常會搬出父母的愛、大人的智慧等各種冠冕堂皇的藉口，實則卻在向孩子傳達：「因為你還小，所以只能照我說的做」的訊息。有脾氣的孩子們堅決拒絕這種偽善且單方面的溝通，他們有主見，有表達其主張的勇氣。若是不去接受，他們甚至會不惜搗蛋。大人應該珍惜有脾氣的孩子的勇氣和能量，同時也應該引導沉默的善良孩子，把壓抑的情緒和慾望導向明亮安全之處。

當個大人並不容易，尤其是在處於青春期、嘴上喊著「都是因為媽媽……」的孩子面前，更是如此。碰到很難發揮耐心的時候，我就會想起少年東九。我會認為，此刻這個孩子所做的，是向來乖巧懂事、心思細膩的東九必須做出的反抗、必須爆發的情緒，如此一來，氣得冒煙的情緒就會稍微沉澱下來，同時莫名感到安心，甚至還會感到得意洋洋。

藉由小雪之口，拋出了我們所有人都應該提出的問題，刨根究底地追問——真正的父母的愛是什麼？在父母的愛之中，是否隱藏了「自私」這根隱形巨刺。我必須承認，小雪執著而尖銳的追問，有時甚至會毫不留情地抓傷我的胸口。我在創作這本小說時感到很痛苦，也數次停止寫作，但小雪並沒有屈服，直到最後仍說出了自己要說的話。這就是小雪。感謝小雪為了脫下大人的偽善與假面，不惜動員自己的指甲和利牙的那股氣魄與鬥爭，同時，我也想向這個事實上受到很多創傷、脆弱的孩子，傳達我最深摯的愛與支持。

使孩子沉默的世界是不對的，當孩子們偏激地吐露自己的主張時，但願有更多真正的大人以開放的心態認真接納，讓整個世界變得更熱鬧有活力。藉由這部小說《小雪》，我稍微償還了對世上的孩子所欠下的心靈之債。這真是一件很令人欣喜與慶幸的事，因為世上的孩子都是珍貴的，而我們每個人也曾經都是個孩子。

二〇一九年一月
於社稷洞
沈允瓊

小雪：被愛的條件／沈允瓊（심윤경）著 . 簡郁璇 譯 . -- 初版 . – 臺北市 : 時報文化，2021.1；面；
14.8╳21 公分 . --（STORY：038）
譯自：설이
ISBN 978-957-13-8475-7（平裝）

862.57 109018640

ISBN 978-957-13-8475-7
Printed in Taiwan.

※ 本書獲得韓國文學翻譯院 (LTI Korea) 之出版補助。

STORY 038

小雪：被愛的條件

설이

作者 沈允瓊｜**譯者** 簡郁璇｜**主編** 陳信宏｜**副主編** 尹蘊雯｜**執行企畫** 吳美瑤｜**封面插畫** 吳若昕｜**封面設計** 兒日｜**編輯總監** 蘇清霖｜**董事長** 趙政岷｜**出版者** 時報文化出版企業股份有限公司 108019 臺北市和平西路三段 240 號 3 樓 發行專線—(02)2306-6842 讀者服務專線—0800-231-705．(02)2304-7103 讀者服務傳真—(02)2304-6858 郵撥—19344724 時報文化出版公司 信箱—10899 臺北華江橋郵局第 99 信箱 時報悅讀網—www.readingtimes.com.tw 電子郵件信箱—newlife@readingtimes.com.tw 時報出版愛讀者—www.facebook.com/readingtimes.2｜**法律顧問** 理律法律事務所 陳長文律師、李念祖律師｜**印刷** 盈昌印刷有限公司｜**初版一刷** 2021 年 1 月 22 日｜**定價** 新臺幣 390 元｜（缺頁或破損的書，請寄回更換）

時報文化出版公司成立於 1975 年，1999 年股票上櫃公開發行，2008 年脫離中時集團非屬旺中，
以「尊重智慧與創意的文化事業」為信念。